관절 통증 없이 백세까지 신나게

관절,
다시 춤추다

관절 통증 없이 백세까지 신나게

관절,
다시 춤추다

이수찬 지음

느낌있는책

Contents

Chapter 1　타임머신을 타고 그때로 돌아갈 수 있다면

Chapter 3 확인되지 않은 정보로 관절이 더 아프다

Chapter 4 · 100세까지 팔팔한 관절을 위하여

관절통증이 아무리 깊어도 길은 있다

지금 내 모습을 보면 생뚱맞게 들리겠지만 내 어릴 적 꿈은 개그맨이었다. 재미있는 것을 워낙 좋아하기도 했거니와 많은 사람을 단박에 웃게 만드는 개그맨의 모습이 그렇게 좋아 보이고 대단해 보일 수가 없었다. 프랑스 문학의 거장 빅토르 위고가 "인간은 웃는 재주를 가진 유일한 생물"이라고 했지만 이 세상에 그 재주를 마음껏 부리며 사는 사람은 생각보다 많지 않다. 녹록지 않은 삶이 우리를 사납게 뒤흔드니 잠시나마 그 고단함을 잊고 웃음 짓게 만드는 개그맨이라는 직업은 백 번 천 번 생각해도 참으로 멋지지 않나 싶다.

하지만 난 개그맨이 아닌 정형외과 전문의가 되었다. 안타깝게도 내게는 사람을 웃기는 재주가 부족했고, 부모님은 내가 어릴 때부터 의사가 되길 바라셨기 때문이다.

정형외과 전문의로 산 지 벌써 30년이 되었다. 관절질환으로 고통 받는 환자들을 좀 더 잘 치료하고 싶어 대학병원을 나와 관절병원을 차린 지가 엊그제 같은데, 그 또한 벌써 20년의 세월이 흘렀으니 이 글을 쓰는 지금, 감회가 새롭다.

지금은 관절과 척추만을 전문적으로 치료하는 병원들이 많이 생겼지만 20여 년 전 당시엔 의원과 대학병원이라는 두 가지 형태의 병원이 전부였다. 특히 무릎 인공관절 수술은 대학병원에서만 시행하는 고난도 수술로 환자들은 긴 대기시간을 감내하며 대학병원 문을 두드려야만 했었다. 내가 개원을 결심하게 된 가장 큰 이유였다.

의사로 살아온, 결코 적지 않은 세월 동안 참 많은 것이 변했다. 정형외과에 국한해도 큰 변화가 있었다. 내가 레지던트로 일했던 80년대 후반만 해도 정형외과에서는 주로 팔, 다리가 부러지거나 인대가 끊어진 환자를 치료했다. 그런데 평균 수명이 늘어나 고령화 사회로 진입하고, 스마트폰 보급률이 높아지면서 상황은 완전히 달라졌다. 곡절 환자보다는 관절염, 허리디스크, 척추관 협착증과 같은 만성 관절·척추질환을 치료하는 것이 대세가 되었다.

사실 나는 의대에 갓 입학했을 때만 해도 내과 전문의가 되고 싶었다. 내과가 의료 영역의 근간이 되는 진료과목이자 당시 내 적성에 맞다고 생각했기 때문이다. 그런데 본과에서 여러 과를 접하면서 정형외과로 방향을 틀었다.

여러 가지 이유가 있었지만 환자를 치료하면 드라마틱하게 낫는다는 것도 중요한 이유였다. 내과만 해도 치료의 목적이 환자가 더 나빠지지 않게 하는 데 있는데, 당시만 해도 정형외과는 병원에 올 때가 가장 최악의 상태였다. 팔이나 다리가 부러져 병원을 찾은 환자들이 수술을 받고 건강하게 퇴원하는 모습을 보면 의사로서의 보람과 희열을 느꼈다.

하지만 지금은 관절염을 비롯한 만성질환을 앓는 분들이 많아지면서 정형외과 전문의의 역할도 많이 바뀌었다. 만성질환은 당장 생명에 큰 위협을 주는 질병은 아니지만 완치가 어렵고 삶의 질을 크게 떨어뜨린다. 관절질환도 마찬가지다. 생명에는 지장이 없어도 관절이 아프면 제대로 걷지도 못하고 일상생활이 불편해져 사는 게 즐겁지가 않다. 더군다나 최근 논문을 보면 관절염이 생명에도 영향을 줄 수 있다는 내용이 있다. 건강한 무릎 관절은 바로 무병장수의 밑천이다.

퇴행성관절염으로 병원을 찾은 환자들의 사연은 하나같이 눈물

겹다. 보통 처음 관절이 아플 때는 동네 병원에서 물리치료를 받거나 한의원에서 침을 맞으면서 견딘다. 그렇게 견디다 도저히 버틸 수 없을 정도로 아프고 일상생활이 불가능해질 지경에 이르렀을 때 관절 병원을 찾는 경우가 많다. 그 세월이 짧게는 몇 년부터 길게는 수십 년에 이르니 환자들이 고통을 참고 견딘 시간들의 무게가 결코 가볍지 않다. 얼마나 힘들었는지 이야기하면서 눈물을 쏟는 환자들이 한둘이 아니다.

의사라면 당연히 환자들의 고통을 덜어주어야 하지만 쉽지만은 않다. 모든 만성질환이 그렇듯이 한 번 나빠진 관절은 좋아지기 어렵다. 이미 많이 써서 닳아 없어진 관절 연골은 저절로 재생되지 않고, 관절을 지지해주는 인대와 힘줄, 근육도 나이가 들면서 노화가 되기 때문이다. 결국 완치보다는 증상을 완화시키고, 더 나빠지지 않도록 관리하는 것이 최선의 치료다.

그렇다고 너무 낙담할 필요는 없다. 의학이 발달하면서 관절의 통증을 줄여줄 수 있는 다양한 치료법이 개발되었기 때문이다. 비록 늙고 병든 관절을 젊은 시절 건강했던 관절로 되돌리기는 불가능하지만 잘 관리하면 평범한 일상을 얼마든지 누릴 수 있다. 관절이 아파 고통 속에 살던 분들이 일상을 찾을 수 있게 돕는 것이 정형외과 의사의 중요한 의무가 된 것이다.

사실 아무리 아끼고 잘 관리해도 100세 시대를 자기 관절만으로 살기는 어려운 일이다. 관절이 다 닳아 없어지고, 뼈도 노화가 되어 뾰족뾰족 자라면 더 이상 보존적 치료나 비수술적 치료로는 고통을 줄이기 어렵다. 이쯤 되면 인공관절 수술이 불가피한데, 자기 관절 못지않게 기능도 좋고, 수명도 점점 길어지고 있어 다행스럽다.

의사 입장에서 인공관절 수술은 그 옛날 다리가 부러져 수술을 받고 두 발로 퇴원하는 환자를 보는 것 이상의 감동을 안겨준다. 퇴행성관절염이 너무 심해 휠체어를 타고 겨우 병원에 온 분이 인공관절 수술을 받고 두 발로 걸어 나가는 모습은 기적에 가깝다.

내가 느끼는 감동보다 환자가 느끼는 감동이 더 크다. 그도 그럴 것이 관절이 아파 제대로 걷지도, 움직이지도 못하는 것은 큰 고통이다. 내내 통증과 싸우며 견뎌야 했던 시간을 뒤로하고 두 발로 서서 가고 싶은 곳을 가게 되면서 '제2의 인생을 찾았다'는 분들이 많다. 인공관절 수술이 단순히 다리를 고치는 것이 아니라 무너진 삶을 회복하고 행복을 누리게 해준 것이다.

관절의 노화를 막을 길은 없다. 하지만 노력하면 얼마든지 노화를 늦출 수는 있다. 어떻게 하면 최대한 오래 자기 관절을 건강하게 유지할 수 있는지 이 책에 정리해보았다. 관절을 잘 관리하는 것은 선택사항이 아니다. 평균 수명이 대폭 늘어났기 때문에 관절을 잘 아끼고 관리하지 않으면 노후의 삶의 질이 크게 떨어질 수밖에 없다.

관절질환 환자들을 치료하다 보면 오래전에 치료했던 환자들이 생각날 때가 있다. 당시로서는 그렇게 치료한 것이 최선의 치료였는데, 지금에 와서 보니 더 좋은 치료법이 많아 아쉬움과 후회가 남기 때문이다. 그만큼 관절질환 치료법이 많이 발달했으니 관절이 아파도 그때그때 관절상태에 맞는 치료를 하면 얼마든지 행복한 일상생활을 즐길 수 있다.

지금까지도 그래왔지만 앞으로도 계속 관절이 아파 고생하는 분들에게 최적의 치료로 고통을 덜어주는 의사로 살고 싶다. 또한 환자들의 부담을 최소화하면서 더 좋은 결과를 얻을 수 있는 치료법이 나온다면 누구보다도 빨리 받아들이고 싶은 마음이다. 그런 노력들이 만성적인 관절통증으로 고생하는 분들을 조금이라도 더 편안하게 해드릴 수 있다고 믿기 때문이다.

의사로서의 서른다섯 해, 그리고 병원 경영자로 걸어온 스무 해의 미천한 경험들이 소중한 밑거름이 될 수 있기를 간절히 바란다.

타임머신을
타고
그때로
돌아갈 수
있다면

세 번이나 척추 수술을 해야 했던
할아버지

정형외과 전문의로 환자들과 함께 울고 웃은 지 벌써 30년이라는 세월이 흘렀다. 그동안 참 많은 것이 변했다. 의학 분야만 봐도 변화와 발전이 경이로운 수준이다. 덕분에 예전에는 의학 기술의 한계로 치료하기 힘들었다가 지금은 적절한 치료를 받고 편안한 일상을 사는 분들이 많다.

의학이 발달해 더 많은 환자들을 안정적으로 치료할 수 있다는 건 참으로 고마운 일이다. 하지만 가끔은 오래전 만났던 환자들이 떠오르면서 미안한 감정이 들기도 한다. 그 환자들을 지금 만났더라면 고생을 덜 시키면서도 좋은 결과를 나눌 수 있었으리란 아쉬움 때문이다.

물론 그 당시에도 최선을 다했다. 그때는 그렇게 치료할 수밖에 없었는데, 지금은 더 좋은 방법이 있다 보니 마음이 편치 않을 뿐이다.

20여 년 전에 만났던 황재싱(가명, 70대 중반, 건실 일용직) 힐아비지도 그중 한 분이다. 아내와 일찍 사별한 후 30대부터 두 딸을 홀로 키운 할아버지는 공사장에서 잔뼈가 굵은 베테랑이었다. 몸 쓰는 일을 오래 한 분이라 그런지 전체적으로 몸이 단단하고 정정해 보였지만 몸속 사정은 달랐다. 오랜 중노동으로 몸 구석구석 어디 하나 성한 데가 없었다. 특히 척추는 수술이 필요할 정도로 많이 망가져 있었다.

오랜 세월 공사장에서 무거운 물건을 들어 올리는 일을 반복해서인지 할아버지는 늘 허리통증을 달고 살았다. 그럼에도 두 딸을 혼자 키워야 했기에 하루도 일을 손에서 놓을 수가 없었다. 몸을 움직이는 것조차 힘들 만큼 허리통증이 심한 날에도 파스를 붙이고 일을 나갔다.

그렇게 버티고 버틴 게 화근이 되었다. 그동안은 허리가 아파도 그럭저럭 참을 만했는데, 어느 날 왼쪽 다리가 전기가 오는 듯 찌

릿찌릿하더니 나중에는 다리가 심하게 당기고 아파서 잘 일어서지도 걷지도 못하게 되었다. 그 지경이 되었는데도 병원에 가지 않고 버티는 동안 상태는 더 악화되었다. 조금만 걸어도 다리가 터질 것처럼 아프고 저려 가까운 거리도 수도 없이 걷다 쉬다를 반복해야 겨우 갈 수 있었다.

　보다 못한 두 딸이 할아버지를 모시고 병원에 왔다. 검사 결과는 참담했다. 허리디스크가 삐져나와 신경을 누르고 있는 데다, 척수 신경다발이 지나가는 척추관까지 좁아져 있었다. 고통이 상당했을 텐데 그동안 어떻게 참으셨는지 놀라울 정도였다. 이미 허리디스크와 척추관협착증이 많이 진행돼 수술이 불가피했다.

첫 번째 수술 후,
인접분절질환과 만나다

✦

2000년대 초반까지만 해도 허리디스크나 척추관협착증과 같은 척추질환으로 허리가 불안정하고 아플 때 '척추 나사못 고정술'을 많이 했다. 2001년도 기준 국내 척추 나사못 고정술 수술 건수가 미국의 2배에 이를 정도였다. 미국은 우리보다 인구가 6배 이상 많은 나라인데, 그런 미국보다 수술을 배로 했다는 것은 그만큼 당시 우리나라에서 척추 나사못 수술을 많이 했다는 것이다.

정형외과 전문의인 나는 지금은 주로 무릎관절 수술만 하지만 그 당시에는 척추수술도 했다. 할아버지도 척추 나사못 고정술을 해야 했는데, 당시에는 신경을 누르는 모든 요소를 깨끗이 제거하는 것이 정설이었다. 신경을 누르는 일부만 제거하는 것이 아니라 아예 그 부위를 모두 제거하는 것은 물론이고 심지어는 문제를 일으킬 소지가 있는 뼈, 인대, 디스크도 깨끗하게 제거했다. 그래야 재발할 위험을 떨어뜨릴 수 있다고 믿었기 때문이다.

수술 전 할아버지는 "빨리 나아서 다시 일을 할 수 있게 해달라"며 여러 번 부탁하셨다. 할아버지의 사정을 알기에 재발의 위험을 최소화하기 위해 두툼해진 뼈, 디스크, 인대 조직 등 신경을 압박하거나 문제가 될 만한 요소를 모두 제거했다. 당시 척추 나사못 고정술의 지침을 철저하게 따른 것이다.

하지만 야속하게도 상황은 기대와는 정반대로 흘러갔다. 할아버지의 허리는 시간이 지나면서 다시 불안정해졌다. 수술 후 2년쯤 지난 후 할아버지의 허리를 검사해보니 나사못으로 고정했던 척추 마디는 괜찮은데, 인접한 위아래 마디가 약해지고 불안정했다.

사실 나사못으로 척추를 고정한 뒤 위아래 척추마디가 불안정해지는 것은 흔한 일이다. 그도 그럴 것이 척추 마디를 고정시키면 그 마디는 움직이지 않는다. 33개의 마디로 이루어진 척추는 상황에 따라 적절히 움직이면서 척추에 실리는 하중을 분산시키는데, 고정된 마디가 있으면 인접한 위아래 마디가 고정된 마디가 감당해주어야 할 부담을 대신 안을 수밖에 없다. 그러다보니 위아래 마디가 부담을 이기지 못하고 퇴행속도가 빨라져 약해지고 불안정해진다.

이를 인접분절질환이라고 하는데, 수술 전에 이를 예상하지 못했던 것은 아니다. 수술 부위의 인접 마디가 이미 많이 약해진 상태였기 때문이다. 당장 급한 척추 마디는 나사못으로 고정한다 해도 조신하지 않으면 위아래 인접 마디가 더 불안정해지는 것은 당연한 일이었다.

할아버지께 더 이상 힘든 일을 하시면 안 된다고 신신당부했고, 할아버지도 되도록 일을 쉬고 허리를 잘 관리하겠노라 약속했지만 수술 후에 아프지 않으니까 일을 조금씩 늘려나가셨던 모양이다. 현실적으로 생업을 포기할 수 없으니 무리하게 일을 하셨고, 결국 수술 부위 위쪽의 인접분절질환으로 병원을 다시 찾으셨던 것이다.

두 번의 재수술이 남긴 아쉬움

인접분절질환이 나타나면 환자도 의사도 매우 힘들어진다. 일반적으로 척추 나사못 고정술 이후 인접분절질환이 생기면 인접 마디에 추가로 나사를 박는 수술을 해야 하기 때문이다. 게다가 인접분절질환 수술은 기존 수술보다 어렵고 까다로워 환자도 의사도 고민이 깊어진다.

할아버지도 많이 심란해하며 또다시 수술을 받는 것을 주저하셨다. 그런 할아버지를 보는 내 마음도 편치 않았지만 달리 방법이 없었다. 당시로선 인접분절질환으로 고통 받는 척추를 구제할 방법은 나사못 고정술이 대세였다.

충분한 논의 끝에 수술을 진행했다. 이번에도 첫 번째 수술처럼 재발 가능성을 떨어뜨리기 위해 문제가 있는 부위뿐 아니라 문제를 일으킬 소지가 있는 부위를 모두 제거했다. 결과는 좋지 않았다. 나사못으로 고정시킨 인접 마디의 퇴행이 빠르게 진행돼 1년 뒤 할아버지는 또다시 수술을 받아야 했다.

지금도 황재성 할아버지를 생각하면 마음이 착잡해진다. 척추 나사못 고정술을 할 때 절개 부위가 크면 클수록 출혈량도 많아지고, 뼈와 관절을 둘러싸고 있는 힘줄, 인대, 근육 등도 크게 손상된다. 그만큼 통증도 심하고, 무엇보다 수술로 제거한 부분이 많다 보니 척추 구조물이 약해지고 척추뼈가 불안정해진다.

당시로선 재발을 최대한 방지하기 위해서는 문제를 일으킬 소지가 있는 부위를 모두 말끔하게 제거하는 것이 최선이었다. 하지만 임상 경험이 쌓인 지금의 최선은 다르다. 척추 나사못 고정술은 물론 대부분의 수술이 가능한 한 작게 절개하고 환부만 제거하는 것이 대세다. 절개 부위가 작을수록 부작용과 합병증이 발생할 위험이 적어지고, 예후가 좋으며, 회복도 빠르기 때문이다. 재발 가능성 또한 낮아진다.

만약 지금 할아버지를 만났다면 당연히 절개 부위를 최소화하는 최소 침습적 수술을 권했을 것이다. 물론 최소 침습적 수술을 했어도 결과가 만족스럽지 않았을 수도 있다. 하지만 적어도 처음 수술한 후 몇 년 만에 두 번의 재수술을 해야 할 만큼 나사못으로 고정한 마디의 위아래 인접 마디가 그렇게 빨리 퇴행하지는 않았을 것이다.

역사에 '만약'은 무의미하다고 한다. '만약 그때 이랬더라면 어떻게 되었을까?'를 되물으며 후회한들 역사는 바뀌지 않기 때문일 것이다. 의사에게도 '만약'은 큰 의미가 없을지도 모른다. 그럼에도 눈부시게 발전하는 의학을 마주할 때마다 황재성 할아버지처럼 오래전에 치료했던 환자들이 생각나곤 한다. 지금 그분들을 만났다면 발전된 의학으로 환자도 나도 훨씬 만족스러운 결과를 얻었을 테니까 말이다. 아쉬워해도 지나간 세월을 돌이킬 수 없다는 걸 잘 알면서도 가끔씩 밀려오는 아쉬움을 떨쳐버리기가 힘들다.

왜 찢어진 연골을 봉합했는데도
여전히 아픈가요?

30여 년 전, 내가 막 전문의를 시작한 즈음의 일이다. 중년 여성인 김미자(가명, 50대 후반, 주부) 씨가 무릎이 아프다며 병원을 찾았다. 검사를 해보니 무릎 연골이 찢어져 있었다.

무릎 관절은 다른 관절과는 달리 연골이 2개이다. 하나는 무릎 뼈에 붙어있는 '뼈 연골'이고, 다른 하나는 뼈와 뼈 사이에 있는 '반월상 연골'이다. 반월상 연골은 우리가 흔히 도가니라 부르는 반달 모양의 연골로 충격을 흡수해주는 역할을 한다. 이 연골은 원래 말랑말랑하고 탄력이 좋은데, 나이가 들면 연골도 노화돼 탄력을 잃어 쉽게 찢어진다. 특히 여성은 50대에 접어들면서 뼈와 연골을 튼튼하게 해주는 여성 호르몬이 급격히 감소되기 때문에 더 위험하다. 이 반월상 연골이 찢어지면 통증이 생기고, 생활하는 데 여러모로 불편하다.

"찢어진 연골을 봉합하는 시술을 하면 좋아지실 거예요."

무릎이 아파 힘들어하고, 좋아질 수 있을지 걱정하는 환자에게 관절내시경 시술을 권했다. 당시로선 당연한 권유였다. 찢어진 연골을 봉합하거나 부분적으로 절제해야 통증이 가라앉는다고 알고 있었고, 실제로도 시술 후 호전되는 환자들이 많았다.

하지만 김미자 씨는 시술 후에도 통증이 여전했다. 환자는 "선생님, 왜 시술을 했는데도 여전히 아픈 건가요?"라며 불안해했다. 시간이 지나면 나아질 거라며 환자를 안심시켰지만 불안하기는 나도 마찬가지였다. 당연히 좋아져야 하는데 왜 나아지지 않는지 답답했다.

루트 열상의 비밀

30여 년 전만 해도 반월상 연골이 가로로, 세로로, 복합적으로 찢어진다는 개념은 있었지만 정보가 제한적이었다. 그러니 왜 연골이 찢어졌을 때 봉합을 해도 일부 환자는 좋아지지 않는지 속 시원히 알 방법이 없었다.

한참이 지난 후 반월상 연골이 시작하는 부위(기시부)에서 연골이 끊어지면 경과가 안 좋다는 것이 밝혀졌다. 연골 시작 부위가 찢어지는 것을 '루트(root) 열상'이라고 하는데, 그때는 루트 열상의 개념조차 정립되지 않았었다.

루트 열상일 경우 약 1/3은 주사나 물리치료 등으로 호전되기도 하지만 1/3은 급격히 나빠지고, 1/3은 천천히 나빠진다. 결국 루트 열상은 치료 여부와 상관없이 2/3가 나빠진다고 봐야 한다. 김미자 씨의 경우 불행히도 경과가 좋지 않은 2/3에 속해 수술을 해도 통증이 줄어들지 않았던 것이다.

돌이켜 생각해보면 루트 열상일 경우 꼭 수술을 할 이유가 없었다. 하지만 미리 알았더라도 다른 치료법이 없었기에 난감하기는 마찬가지였을 것 같다. 그나마 관절내시경 시술을 할 수 있었던 게 다행이라면 다행이라 위안한다. 더 오래전 관절내시경 시술이 발달하기 전에는 환부를 크게 절개하고 찢어진 연골을 모두 절개했는데 예후가 좋지 않았기 때문이다. 관절내시경은 무릎에 내시경이 들어갈 수 있을 정도의 작은 구멍을 2개 내서 연골의 찢어진 부위를 확인하고 말끔하게 정리하거나 상황에 따라 봉합하는 시술법이다. 절개를 하지 않기 때문에 시술 시간도 짧고, 회복도 빠른 편이어시 지금도 많이 시행되고 있다.

루트 열상의 비밀이 밝혀진 후 더 이상 연골이 시작하는 부위가 끊어졌을 때 찢어진 연골을 봉합하거나 절제하는 수술을 하지 않는다. 대신 50대 중후반 이상의 환자들의 경우 무릎 뼈의 중심축을 옮겨주는 수술을 주로 한다. 그래야 찢어진 연골 부위에 실리는 체중 부담이 줄어들어 통증이 줄고 관절염으로 진행되는 속도를 최대한 늦출 수 있기 때문이다. 이 수술의 효과는 이미 여러 논문에서 증명되었다.

연골이 찢어지면 꼭 관절내시경 시술을 해야 할까?

루트 열상 환자가 아니라도 연골이 찢어져 관절내시경 시술을 했을 때 호전이 되지 않거나 더 악화되는 환자가 있다. 수술 자체가 관절 내부에 스트레스나 충격을 줄 수 있어 관절염 진행속도를 가속화시킬 수도 있기 때문이다.

실제로 관절내시경 시술을 받은 환자들을 장기간 관찰한 결과, 시술을 하지 않은 환자와 별반 차이가 없다는 연구결과도 나왔다. 상황이 이렇다 보니 의사들 사이에서도 연골이 찢어졌을 때 관절 내시경 시술을 해야 할 것인가를 두고 의견이 분분하다.

어떤 의사들은 연구결과를 토대로 관절내시경 시술을 과잉진료라 말하기도 한다. 마치 감기처럼 약을 먹든 안 먹든 일정한 시간이 지나면 낫는 것처럼 찢어진 연골도 관절내시경 시술을 하나 안하나 결과가 똑같으니 할 필요가 없다는 주장이다.

반대 의견도 만만치 않다. 감기약을 먹는다고 빨리 낫는 것은 아니지만 확실히 증상이 완화돼 견디기가 수월하다. 마찬가지로 관절내시경 시술을 해도 결국 시간이 지나면 관절염으로 진행될 수는 있지만 찢어진 연골을 봉합해 통증을 줄이고 일상의 불편함을 덜 수 있다. 그러니 통증을 참고 견디기보다는 관절내시경 시술을 하는 게 좋다는 것이다.

아마 앞으로도 이 논란은 계속될 것으로 보인다. 관절내시경 시술을 했을 때 감기약을 먹었을 때처럼 증상이 완화되는 것인지, 아니면 연골 자체가 좋아지는 것인지 확실하게 말하기 어렵기 때문이다.

하지만 분명한 건 지금은 나뿐만 아니라 많은 의사들이 연골이 찢어졌다고 무조건 관절내시경 시술을 하지는 않는다는 것이다.

관절내시경 시술을 꼭 해야 하는 3가지 경우

✦

단, 관절내시경 시술에 대한 의견이 어느 쪽이든 시술이 필요한 경우가 있다. 처음 무릎이 아프면 약물치료부터 시작하는 경우가 많다. 그런데 약을 먹어도 통증이 가라앉지 않으면 시술을 고려해야

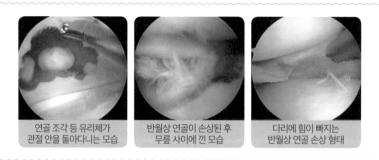

연골 조각 등 유리체가 관절 안을 돌아다니는 모습 | 반월상 연골이 손상된 후 무릎 사이에 낀 모습 | 다리에 힘이 빠지는 반월상 연골 손상 형태

▶ 관절내시경 시술을 꼭 해야 하는 3가지 손상 형태

한다. 충격에 의해 파손되어 떨어져 나간 연골조각이나 뼛조각 등 이물질(유리체)이 관절 안을 돌아다니면 약을 먹어도 그때뿐이고 금세 통증이 나타나고, 염증으로 계속 물이 차기 때문이다.

또한 마치 자물쇠로 무릎을 잠가놓은 것처럼 무릎을 구부리지도, 펴지도 못하는 잠김현상(locking)이 있을 때도 시술이 필요하다. 반월상 연골이 심하게 손상되었을 때 이런 증상이 나타나는데, 이런 경우 걸음걸이도 이상하고 잘 걷지도 못하기 때문에 관절내시경 시술을 하는 것이 좋다.

걸어가다 다리에 힘이 빠지거나, 방향을 전환할 때 통증이 발생해 걸음을 멈춘다면 이 역시 시술을 고려해야 할 상황이다. 보행이 어렵기도 하고, 자칫 걷다가 다리에 힘이 빠져 넘어지면 충격으로 더 큰 손상을 입거나 위험할 수 있기 때문이다.

관절내시경 시술도 점점 진화한다

의학이 발전하면서 등장한 혁신적인 치료법 중 하나가 '내시경 시술'이다. 피부를 크게 절개하지 않고 1cm 이하의 작은 구멍을 내 초소형 비디오 카메라와 수술기구 등을 장착한 아주 가느다란 관을 넣어 환부를 정확하게 보면서 시술하는 것이다. 부작용이 적고 회복도 빨라 무릎이나 척추에는 물론 뇌나 장기와 같은 다른 부위에도 광범위하게 사용되고 있다.

내시경 시술은 관절을 치료하는 데도 많이 시행된다. 수십 년의 세월이 흐르는 동안 관절내시경 시술도 많이 진화했다. 예전에는 연골이 찢어진 부분을 다 도려냈다. 하지만 요즘은 가능한 한 연골을 많이 남겨두려는 것이 추세다.

연골이 찢어져 너덜거리면 움직일 때마다 부딪히면서 통증이 생기기는 한다. 그렇다고 쿠션 역할을 해주는 연골을 다 없애면 충격을 흡수하지 못해 관절 뼈까지 닳게 만들어 관절염 진행에 가속도가 붙기 때문이다. 연골이 모두 마모돼 관절 뼈끼리 부딪히게 되면 인공관절 수술 외에는 답이 없다.

03

인공관절 수술 후 감염으로
고생했던 할머니

가끔 '정형외과 전문의로 만족하느냐?'는 질문을 받는다. 그때마다
한 치의 망설임도 없이 '그렇다'라고 답한다. 정형외과 전문의로 살
수 있어서 행복했고, 앞으로가 더 기대가 된다.

정형외과 의사로 느끼는 보람과 희열은 많지만 그중에서도 수술
한 환자가 건강을 되찾아 퇴원하는 모습은 언제나 감동을 준다. 수
술을 많이 해야 하는 외과의사가 수술 결과가 좋을 때 보람을 느끼
는 것은 당연한 일이기지만 수술 결과기 언제니 좋은 것만은 이니다.
때로는 반갑지 않은 부작용과 합병증 때문에 환자는 말할 것도 없

고, 나 또한 마음고생을 할 때도 있다. 그중에서도 아주 오래전에 인공관절 수술을 받았던 유인순(가명, 70대 후반, 농사) 할머니에 대한 기억은 아직도 사진처럼 선명하다.

수술은 무슨 수술, 진통제나 처방해주이소

아주 오래전 일이다. 평생 한량이던 남편을 대신해 시골에서 농사를 지으며 4명의 자녀를 번듯하게 키운 유인순 할머니가 무릎통증으로 우리 병원을 찾아오셨다. 할머니의 모습은 누가 봐도 고된 삶을 살아왔음을 짐작하게 했다. 햇볕에 검게 그을린 얼굴은 주름이 가득했고, 고된 노동으로 손가락 마디마디가 굽고 변형되어 있었다.

어디 무릎이라고 성하겠는가. 굳이 들여다보지 않아도 짐작이 되었다. 역시나 검사를 해보니 할머니의 무릎은 연골이 닳을 대로 닳아 너덜너덜하고, 관절뼈도 상태가 심각했다. 연골이 완전히 닳아 없어진 부분은 뼈끼리 부딪쳐 뼈끝이 가시처럼 뾰족하게 자라 있었다. 그런 상태니 조금만 움직여도 염증 부위를 자극해 통증이 극심할 수밖에 없었다.

너무 오래 무릎을 방치해 인공관절 수술이 필요하다고 말씀드렸더니 할머니는 펄쩍 뛰시며 "아이고, 살날도 별로 남지 않았는데 무신 수술인교? 진통제나 처방해주이소"라고 하셨다. 병원에 함께 온 가족들의 설득에도 할머니는 좀처럼 뜻을 굽히지 않으셨다. 자식들은 눈물을 흘리며 할머니를 계속 설득했고, 다행히 마음을 바꾸셨다.

수술은 무사히 잘 끝났다. 그런데 며칠 뒤 문제가 발생했다. 갑자기 할머니의 몸에 열이 나면서 극심한 통증이 나타났다. 감염이 의심되어 급하게 감염 여부를 진단하는 검사를 했다.

머릿속이 아득해졌다. 모든 의사들이 그렇겠지만 피부나 점막, 기타 조직을 절개해 인체 내부를 직접 육안으로 들여다보면서 수술할 때는 특히 조심한다. 수술대와 수술기구, 수술방을 아무리 철저하게 소독하고 조심한다고 해도 감염의 위험이 존재하기 때문이다. 미처 소독하지 못한 균이 있을 수도 있지만 환자 내부에 있던 균이 면역력이 떨어진 틈을 타 감염을 일으키기도 해서 마음을 놓을 수가 없다.

물론 실제 수술 후 환자가 감염되는 비율은 평균적으로 1% 미만이다. 나의 경우 지금까지의 통계를 보면 평균 감염률보다 더 낮지만 제로가 아니니 드물게 유인순 할머니 같은 환자를 마주하게 된다.

인공관절 수술 후 감염이 발생하면 치료가 매우 어렵지만 감염이 피부와 피하층에 국한된 경우에는 그나마 제압하기가 쉽다. 인공관절을 그대로 둔 상태에서 항생제를 이용한 약물치료나 세척술만으로도 염증을 잡을 수 있기 때문이다.

그러나 인공관절을 삽입한 곳까지 균이 침투했을 때는 상황이 복잡해진다. 설령 인공관절 자체는 감염의 원인이 아니라도 감염을 심화시킬 수 있기 때문에 삽입했던 인공관절을 제거하고 감염 치료를 해야 한다.

감염 치료 과정도 만만치 않다. 인공관절을 들어내고 염증을 최대한 제거한 상태에서 그 부위에 항생제를 섞은 인체용 시멘트를 넣은 후 4~6주 입원해 고단위 항생제 주사를 맞아야 한다. 그렇게 감염을 치료한 후 다시 인공관절을 삽입하는 재수술에 들어가는데, 치료과정이 긴 시간을 요하는 만큼 환자들이 감내해야 하는 고통도 크다.

안타깝게도 유인순 할머니는 삽입한 인공관절을 다 들어내야 하는 심부감염이 의심되었다. 치료의 고통을 너무도 잘 알기에 재수술을 하자는 말을 선뜻 꺼내지 못했다. 그러나 감염은 빨리 치료하면 할수록 좋다. 입이 떨어지지 않았지만 용기를 내어 솔직하게 환자와 보호자들에게 재수술이 필요한 상황임을 설명했다.

역시 가족들은 모두 강하게 거부 반응을 보였다. 특히 할아버지가 노발대발하셨다. 평생 가장의 짐을 할머니에게 떠넘겼던 미안함 때문인지 병원에 있는 내내 할머니를 살뜰히 챙기셨던 할아버지다. 힘들게 수술을 했는데, 그 힘든 수술을 또 해야 한다는 게 안쓰러웠는지 할아버지는 쉽게 화를 가라앉히지 못하고 나를 원망하셨다. 할아버지의 심정을 충분히 짐작할 수 있었기에 할아버지의 원망과 질책을 고스란히 받아들이며 기다렸다. 할아버지는 이내 감정을 추스르고 가족들과 함께 수술에 동의하셨다.

우여곡절 끝에 감염 치료와 재수술이 진행되었다. 다행히 감염 치료가 잘돼 한 달 조금 넘어 재수술을 할 수 있었고, 유인순 할머니는 건강한 모습으로 퇴원했다.

로봇 인공관절 수술에
희망을 걸어본다

✦

100% 부작용과 합병증이 없는 수술은 없다. 그럼에도 유인순 할머니와 같이 수술 후 부작용으로 고생한 분을 생각하면 '어떻게 하면 부작용과 합병증을 완벽하게 막을 수 있을까?'를 고민하게 된다.

최소화시키는 것은 가능하다. 현재 의학은 점점 더 절개 부위를 최소화해 수술하는 방향으로 가고 있다. 절개 부위가 클수록 부작용과 합병증이 발생할 가능성이 큰 만큼 절개 부위를 최소화하면서 부작용과 합병증 또한 많이 감소하는 추세인 건 분명하다.

하지만 인공관절 시술은 사정이 다르다. 인공관절을 삽입해야 하기 때문에 내시경 시술처럼 작은 구멍을 내어 수술하기가 불가능하다. 어쩔 수 없이 최소한 인공관절이 들어갈 수 있을 정도의 크기를 절개해야 한다.

그래도 희망은 있다. 약 3~4년 전부터 로봇 인공관절 수술을 하기 시작했는데, 순전히 의사의 경험에 따른 감으로 수술을 할 때보다 훨씬 정교하고 정확한 수술이 가능해 부작용과 합병증의 위험이 더 줄었다.

로봇 인공관절 수술을 했을 때의 장점은 여러 가지다. 먼저 수술 전에 촬영한 환자의 3차원 입체 영상자료를 토대로 가장 적합한 인공관절의 크기와 삽입위치, 뼈의 절삭범위 등을 컴퓨터 프로그램으로 계산해 미리 수술계획을 세울 수 있다. 본 수술 전에 예습을 해볼 수 있는 셈이다. 또 수술 중에는 무릎에 부착된 센서를 통해 다리의 정렬과 축을 맞추게 된다. 기존에는 이를 맞추기 위해 대퇴골(허벅지 뼈)의 골수강 내에 긴 구멍을 뚫어 절삭기구를 고정해야 했기 때문에 출혈이 불가피했는데 로봇시스템으로 이러한 과정을 생략할 수 있다. 다리의 정렬과 축을 정확히 맞추는 것은 인공관절의 수명을 결정짓는 중요한 요인이다.

이후 의사가 로봇팔을 잡고 계획했던 절삭범위 내에서 정확하게 뼈를 깎아주기 때문에 주변 연부조직의 손상을 막을 수 있다. 쉽게 말해 기존 수술이 온전히 감으로 일직선을 긋는다고 하면 로봇수술은 자를 대고 긋는 것이라고 할 수 있다. 자로 긋는 것이 정확할 수밖에 없듯이 로봇이 바로 자의 역할을 하게 되는 것이다.

수술이 정확하면 출혈량이 줄어들어 수술 후 부종도 줄고 그로 인해 통증도 줄어드는 효과로 이어진다. 실제로 수술환자들을 대상으로 조사해보니 로봇 수술을 받은 환자들은 대부분 회복도 빠르고, 결과도 좋아 만족도가 높은 편이다.

하지만 로봇 인공관절 수술 역시 100% 완벽한 수술이라고 장담

할 수 없다. 피부를 절개하는 수술은 합병증과 부작용에서 완전히 자유로울 순 없다. 100% 완벽한 수술이라는 것은 앞으로 의학이 더 발전한다고 해도 요원할지 모른다.

그럼에도 나는 가끔 완벽한 수술을 상상해보곤 한다. 손에 잡히지 않을 꿈이라는 것을 알면서도 유인순 할머니처럼 부작용으로 고생하는 환자들을 볼 때마다 꿈같은 싱싱을 하며 설렌다.

04

더 이상 십자인대 수술은
지옥의 시작이 아니다

2022년 베이징 동계 올림픽이 한창일 때 가끔씩 TV로 중계를 보곤 했다. 원래 스키나 쇼트트랙은 스포츠의 성격상 부상이 많은데, 베이징 올림픽에서는 유독 더 부상이 잦은 느낌이었다.

알파인 스키 경기였던 것으로 기억한다. 한 선수가 미끄러지면서 곤두박질하는 모습이 잡혔다. 스키받침대가 날아가면서 몇 미터를 구르면서 내려왔는데, 부상이 컸는지 일어나지를 못했다. 무릎이 꺾이면서 혹시라도 무릎 십자인대가 끊어지지는 않았을지 걱정스러웠지만 이후에도 확인하지는 못했다.

격렬한 운동을 하는 스포츠 선수에게서 십자인대 파열은 흔하게 일어난다. 지금은 십자인대가 파열돼도 수술을 잘하면 일상생활은 말할 것도 없고, 스포츠를 즐기는 데도 큰 문제가 없다.

하지만 수십 년 전에는 달랐다. 약 25년 전 씨름 선수가 경기하다 무릎을 삐끗해 십자인대가 끊어져 내원한 적이 있다. 그때만 해도 십자인대 수술이 발달하지 않아 수술을 해도 결과가 좋지 않은 경우가 많았다. 의대에서 공부할 때 교과서에 '십자인대가 끊어지면 지옥의 시작이다'라는 내용이 실려 있을 정도였고, 의사들도 십자인대 수술을 부담스러워했던 것이 사실이다.

당시만 해도 십자인대가 끊어지면 20cm가량 절개해 관절을 다 열어놓고 끊어진 인대를 봉합했다. 최선을 다해 수술했지만 씨름 선수의 예후는 그리 좋지 않았다. 끊어진 인대를 다시 봉합해도 원래의 튼튼한 인대로 돌아가지 못하기 때문이다. 게다가 수술 후에는 봉합한 인대가 완전히 아물 때까지 석고 기브스를 오래 해야 했는데, 그동안 관절이 뻣뻣하게 굳어 꽤 오래 고생을 해야 했다.

이동국 선수가 독일에서 받은 수술

✦

십자인대가 파열된 씨름선수를 수술할 때만 해도 의사들에게 인대수술은 지옥의 시작이었다. 하지만 의학이 발달하면서 십자인대수술도 많이 진화했다.

20여 년 넘게 축구선수로 활약하다 지금은 방송인으로 제2의 삶을 살고 있는 이동국 씨를 모르는 분들은 드물 것이다. 또한 그가 20대 중반의 젊은 나이에 십자인대가 끊어져 고생한 것도 많이 알려져 있다. 하필이면 2006년 독일 월드컵을 앞두고 K리그 경기 도중 십자인대 파열로 쓰러져 2002년에 이어 2006년에도 월드컵에 참석하지 못한 비운의 선수가 되어 많은 사람들이 안타까워했다.

그때만 해도 십자인대가 끊어지면 더 이상 운동선수로 활동하지 못할 가능성이 컸다. 이동국 선수의 경우 십자인대 중에서도 전방십자인대가 파열되었는데, 수술 후 재활에 성공할 확률은 10%도 채 안 되었다. 그런 상황에서도 그는 '1%도 되지 않는 확률로 도전하는 사람도 있는데, 10%나 되는 가능성이 있는 나는 행복하다'며 수술을 받기 위해 독일로 떠났다.

그의 강력한 염원 때문인지 수술은 성공리에 끝났고, 오랜 재활기간을 거쳐 10여 년 이상 현역으로 뛴 후 2020년 11월에 은퇴했다.

마치 한 편의 역전 드라마처럼 느껴지는 삶이다.

이동국 선수가 독일에 가서 받았던 수술은 인대재건술이다. 이 수술은 찢어져 약해진 인대를 단순히 봉합하는 것이 아니라 아예 다른 사람의 사체에서 동일한 인대나 힘줄 혹은 자기 몸에 있는 힘줄을 이용해 새로 인대를 만들어주는 것이다.

일반적으로 수술 후 80% 이상의 운동력을 회복할 수 있고, 재활을 잘하면 거의 다치기 전 상태로 회복할 수도 있어 운동선수처럼 활동적인 운동을 지속하고 싶어하는 환자들에게 많이 적용된다. 브라질의 유명한 축구선수인 호나우두도 인대재건술을 받고 재활 훈련을 거쳐 깔끔하게 회복된 적이 있다.

이후에도 십자인대 수술은 꾸준히 발전해 지금은 성공률이 95%에 달하고 예후도 좋다. 격렬한 운동을 하는 선수들이 많은데, 이들이 예전처럼 수술 후 운동을 접어야 하는 경우는 거의 없다. 참으로 다행스러운 일이다.

인대가 끊어졌다고 다 수술할 필요는 없다

더 이상 십자인대 수술은 의사들이 두려워하는 수술이 아니다. 그럼에도 나를 포함한 의사들은 인대가 손상되었다고 무조건 수술을 권하지는 않는다. 생활하는 데 얼마나 불편한지, 수술을 하지 않으면 관절염이 올 것인지 등을 종합적으로 고려해 수술 여부를 결정한다.

일반적으로 젊은 사람이 인대를 다치면 수술을 많이 한다. 꼭 운동선수가 아니라도 젊은 사람들은 스키나 축구 등 아주 활동적인 스포츠를 즐기다 인대가 끊어지는 경우가 많다. 무릎에는 앞, 뒤, 내측, 외측 총 4개의 인대가 있다. 무릎 앞쪽에 있는 인대를 전방십자인대, 뒤에 있는 인대를 후방십자인대라고 부른다. 겨울철에 많이 즐기는 스키를 탈 때 주로 손상되는 십자인대는 전방 십자인대이다.

이처럼 젊은 사람이 십자인대를 다쳤을 경우 적극적으로 수술하는 것이 좋다. 방치할 경우 일상이 불편한 것은 물론 관절염이 올 가능성이 크기 때문이다.

하지만 나이가 60세가 넘고 이미 관절염이 있는 상태라면 수술을 권하지 않는다. 우선 주사치료, 약물치료 등의 보존적 치료와 함께 재활치료를 시도해보고 호전이 되지 않을 경우 수술을 고려한다. 십자인대가 완전히 파열되지 않았다면 이러한 보존적 치료만으로 좋아지는 사례도 적지 않기 때문이다.

인대재건술이 많이 발전했다 해도 예방이 최고다. 십자인대 파열을 예방하려면 운동 전에 충분한 스트레칭으로 경직된 관절과 근육을 풀어주는 것이 좋다. 운동할 때도 무리한 점프와 갑작스러운 방향 전환, 빠른 속도로 달리다가 갑자기 멈추는 등의 동작은 삼가는 것이 좋다. 이런 동작은 무릎관절이 뒤틀리게 만들고 과도한 충격을 수기 때문이다.

05

꽃분이 할머니,
나이가 많아도 수술 가능해요

20여 년 전 김꽃분(가명, 81세, 요식업) 할머니를 처음 만났다. 40년 넘게 혼자서 작은 식당을 운영하신 분인데, 걷는 게 어려우신지 보행기에 의지해 병원을 찾아오셨다.

"선생님, 조금만 움직여도 무릎이 아프고 가만히 있어도 아파요. 밥도 혼자 차려 먹기 어렵고 계단을 오르내리는 건 아예 꿈도 못 꿔요. 이제는 진통제도 안 들어서 약을 먹어도 무릎이 아파 밤을 꼴딱 새우는 날이 하루 이틀이 아니에요."

몸을 움직일 때도 아프고, 움직이지 않아도 통증을 느낀다는 것은 무릎 연골이 다 닳아 위아래 무릎 뼈가 부딪힐 정도로 관절염이 진행되었음을 의미했다. 검사를 해보니 예상대로였다. 연골이 다 닳은 데다 염증도 심했다. 그러니 몸을 조금만 움직여도 비명이 절로 나올 정도로 통증이 심할 수밖에 없었다.

나중에 알게 된 사실인데, 할머니의 무릎이 이 지경까지 이른데는 기구한 사연이 있다. 그 지역에서 행세깨나 한다는 집안에 시집간 할머니는 손이 귀한 집안에서 태어나 곱디곱게 자랐다. 아들은 아니었지만 워낙 자손이 귀해서 부모님은 할머니가 태어나자 뛸 듯이 기뻐했고 딸이 예쁜 꽃을 심어 기르는 꽃분(화분)처럼 평생 예쁘고 고운 것만 담고 살라고 이름도 꽃분이라 지었다.

그렇게 금이야 옥이야 자란 꽃분이 할머니가 시집을 간 것은 18세가 되던 해였다. 연애 한 번 못 해보고 중매로 하는 결혼이었지만 부모님이 고르고 고른 집안인 데다 남편의 첫인상도 나쁘지 않아서 할머니는 그 결혼이 내심 좋았다. 결혼생활도 평탄해서 할머니의 삶은 그렇게 순탄하게 흘러가는 듯했다.

그러나 지병으로, 또 사고사로 시아버지와 시어머니가 돌아가시면서 상황이 달라졌다. 부모라는 울타리가 사라지자 세상 물정 모르고 착하기만 한 남편이 멋모르고 사업을 벌였다가 계속 실패했고, 엎친 데 덮친 격으로 여기저기서 사기를 당하면서 가세가 급격히 기울기 시작했다.

결국 할머니가 생계전선에 뛰어들었다. 형편이 형편인지라 할머니는 일하는 사람 하나 두지 않고 식당 일을 혼자 다 했다. 쪼그려 앉아 채소를 다듬고, 하루 종일 서서 요리를 하고, 일일이 테이블에 서빙을 하고, 무거운 쟁반을 들고 계단을 오르내리며 배달을 하고, 하루 종일 쉴 틈 없이 몸을 놀려야 했다.

그런데 어느 순간부터 무릎이 아프기 시작했다. 처음에는 좀 쉬면 금방 통증이 가라앉았는데, 시간이 지날수록 통증은 빈번하게 나타났고 강도도 심해졌다. 하지만 가족의 생계를 책임져야 하는 할머니로서는 하루조차 편히 쉴 형편이 못되었다. 할 수 없이 뼈주사, 연골주사 등을 맞아가며 근근이 통증을 견뎠는데 어느 순간부터 그마저도 소용이 없어 버티고 버티다 결국 병원을 찾은 것이었다.

당뇨병을 앓고 있는 81세 할머니

✦

꽃분이 할머니의 무릎은 관절염이 깊어 인공관절 수술밖에 치료방법이 없는 상태였다. 하지만 당시 할머니는 연세가 81세의 고령인데다 당뇨병을 앓고 계셨다. 사실 할머니 연세에 지병이 없는 게 오히려 드문 일이다. 60세 이상만 돼도 당뇨병, 고혈압, 고지혈증 등의 성인병은 물론 협심증을 비롯한 관상동맥질환을 앓는 분들이 많다.

기저질환이 있으면 수술을 할 때 좀 더 세심한 주의를 기울여야 한다. 그래서 고령환자는 수술하기 전부터 전반적인 환자의 건강상태, 기저질환 등을 꼼꼼하게 검사하고 세심한 관리에 들어간다.

특히 꽃분이 할머니가 앓고 있는 당뇨병은 질환의 특성상 감염 위험이 높고, 회복이 더뎌 수술 시 고려해야 할 사항이 많다. 무엇보다 혈당이 중요했다. 혈당은 수술의 성패를 좌우할 정도로 중요한 요인이기 때문에 내과와의 협진을 통해 혈당이 잘 조절되는지를 주의 깊게 살폈다.

혈당이 잘 조절되면 수술이 가능하지만 조절이 잘 안 되면 일정 기간 적절하게 혈당관리를 한 다음 수술에 들어가야 한다. 혈당조절이 안 되면 수술 후 감염 등 합병증 위험이 높아질 수 있고, 회복이 느려져 입원기간이 길어질 수 있으며, 최악의 경우 생명이 위태로울 수도 있기 때문이다.

다행스럽게도 할머니는 혈당이 잘 조절되는 편이었다. 그래서 수술을 하기로 결정하고, 당뇨병으로 인해 복용하고 있는 약들을 확인했다. 혈당을 조절하는 약 중에 수술 합병증의 위험성을 높이는 것들이 있어서 그런 약은 수술 전에 미리 조절하거나 중단해야 하기 때문이다. 그렇게 내과와의 협진을 통해 할머니의 몸을 수술이 가능한 상태로 만든 다음 안전하게 수술에 들어갔다.

결과는 아주 좋았다. 인공관절 수술도 잘되었고, 할머니가 재활운동도 열심히 하셔서 회복도 빨랐다. 한동안 수술 후 외래에 올 때마다 더 좋아지는 할머니를 보는 것이 나의 즐거움이었다.

80대는 물론 90대도
수술이 가능한 시대

✦

예전에는 고령환자에게 인공관절 수술을 권하면 환자 본인은 물론 가족들도 부담스러워했다. 고령의 나이에 수술을 받는 것 자체가 쉽지 않은 일이기도 하고, 어렵게 용기를 내어 수술을 했는데 자칫 수술 후 부작용으로 더 고생하지 않을까 염려해서 그렇다. 특히 꽃분이 할머니처럼 만성질환이 있을 때는 더더욱 고민이 깊다.

하지만 세상이 달라졌다. 의학 기술이 눈부시게 발달하기도 했고, 과거에 비해 고령환자들의 건강상태도 많이 좋아졌다. 요즘에는 자기 나이에서 10년은 빼야 한다는 얘기가 있을 정도로 사람들이 젊어졌다.

그래서인지 인공관절 수술을 받는 환자들의 연령도 많이 높아졌다. 건강보험심사평가원 자료에 따르면 무릎 인공관절 수술(정식 수술명: 슬관절 인공관절 치환술)을 받은 70세 이상 환자는 2016년 3만 9,782명에서 2020년 4만 4,045명으로 10%가량 증가했다. 특히 80세 이상 고령의 경우에는 같은 기간 6,342명에서 8,455명으로 25% 가까이 늘어났다.

실제로 우리 병원을 찾아오는 고령 환자들만 봐도 격세지감을 느낀다. 예전과 달리 80대 이상 어르신들도 적극적으로 수술을 받으려고 하시고, 꽃분이 할머니처럼 만성질환이 있는 경우에도 수술을 하려는 분들이 늘고 있다. 이는 수명이 길어지면서 결코 짧지 않은 여생을 건강하고 행복하게 살고 싶은 마음이 작용해서이지 않을까 싶다.

더 이상 나이나 지병은 수술을 할 수 없는 이유가 아니다. 80대를 넘어 90대라도 필요하다면 수술을 고려할 수 있다. 평균수명 100세 시대다 보니 90의 나이라도 앞으로 10여 년 이상 삶을 살아야 하는데, 누가 그 긴 세월을 그저 통증을 견디며 일상생활도 제대로 못하면서 살아야 한다고 말할 수 있을까?

그럼에도 여전히 수술이 두려운 분들에게

수술을 적극적으로 고려하는 고령자가 증가하고 있는 추세이기는 하지만 여전히 혹시나 수술이 잘못되지는 않을까, 수술 후 회복이 잘 안 되면 어쩌나 걱정하는 분들도 많다. 나는 이런 분들에게 수술을 하기 전에 시술부터 해볼 것을 권한다. 시술 후 별 문제 없이 호전되면 그때 수술을 하는 것도 나쁘지 않다. 내 어머니의 경우도 그랬다.

그 시대의 어머니들이 다들 그러했겠지만 어머니는 가정에 매우 헌신적인 분이었다. 시부모님 봉양, 남편과 자식들 뒷바라지, 집안 살림까지 어느 것 하나 허투루 하지 않고 지극정성이셨다. 지금이야 세탁기, 청소기 등 주부들의 손을 덜어주는 전자제품이 많지만 그 시절에는 하나부터 열까지 주부의 손이 필요하지 않은 집안

일이 없었다.

어머니도 결코 작지 않은 규모의 살림을 바지런히 당신의 몸을 움직여가며 다 하셨다. 그래서 내 기억 속의 어머니는 항상 쉴 틈 없이 집안일을 하고 계신 모습이다. 특히 일 년 열두 달 매일 삼시 세끼 무거운 밥상을 들고 높은 문지방을 힘겹게 넘던 어머니의 모습이 지금도 생생하다.

지금에 와서 돌이켜보면 어머니의 허리와 무릎이 성치 않았던 것은 당연한 일이다. 하루 종일 바닥에 쪼그리고 앉거나 허리를 숙이고 집안일을 했으니 허리와 무릎이 배겨날 수가 없었을 것이다.

결국 어머니의 허리와 무릎은 병이 들었다. 특히 무릎보다 허리가 심각했다. 수술을 해야 할 만큼 상태가 좋지 않았지만 시술부터 했다. 어머니가 고령인 데다 기저질환도 있어 나 또한 수술이 조심스러웠기 때문이다.

다행히 어머니는 시술 후 많이 호전되셨다. 시술로 허리가 좋아지자 어머니도 수술에 대한 걱정을 조금 내려놓으셨고, 나 또한 수술하셔도 괜찮겠다는 판단이 섰다. 예상대로 어머니는 수술을 잘 견뎠고, 잘 회복하셨다.

80세가 넘은 고령의 환자 분들은 아무래도 수술을 부담스러워하신다. 수술 자체를 견뎌낼 수 있을까도 걱정스럽고, 수술 후 잘 회복할 수 있을까 자신 없어 하시는 경우가 많다. 물론 고령이라도 검사를 해보면 과거와 달리 수술을 해도 무방할 정도로 건강상태가 좋은 분들이 적지 않다.

실제로 지금은 80대를 넘어 90대 환자들도 성공적으로 수술한 후 잘 회복하는 경우가 많다. 그렇지만 수술을 두려워하는 고령의 환자들에게 안심하시라며 무조건 수술을 권할 일은 아니다. 당장 수술을 하지 않으면 안 될 정도로 긴박한 상황이 아니라면 수술 전에 시술부터 하는 것이 여러 가지로 좋다. 환자들도 수술에 대한 심적 부담을 덜 수 있어 좋고, 의사 입장에서도 시술의 경과를 지켜보면 더 안전한 수술을 할 수 있기 때문이다.

CT만 찍어봤어도
결과는 달랐을 텐데

전문의가 되어 처음 맞는 겨울 어느 날이었다. 같은 병원 가정의
학과에 근무하는 지인 어머니가 고관절 골절로 응급실에 오셨다가
입원하셨다. 지인의 어머니니 더 잘 봐드리고 싶은 마음이 컸다.
그런데 고관절이 아프신 건 알았지만 막상 엑스레이를 찍었을 때
골절 부위가 잘 보이지 않았다. 그래서 타박상으로 보고, 누워서
안정을 취하면 통증이 사라질 것이라 생각했다. 지인에게도 그렇
게 설명하고 기다려보자고 이야기했다.

예상과는 달리 지인 어머니는 시간이 지나도 계속 통증을 호소

했다. 혹시나 싶어 CT 촬영을 했더니 골절이 보였다. 골절이 원인이 되어 고관절에 염증이 생겨 많이 아프셨던 것이다. 아차 싶었지만 지인은 이미 나에 대한 신뢰를 잃어 어머니를 모시고 다른 병원으로 가버렸다.

'처음부터 CT를 찍을걸' 하는 후회가 밀려왔다. 당시에는 CT 검사가 의료보험이 안 되었다. 엑스레이상으로는 골절이 보이지 않았는데, 의료보험이 안 되는 비싼 CT 검사를 권해 부담을 드리고 싶지 않았다. 그렇게 하는 것이 잘해드리는 것이라 생각했는데, 결과적으로 고관절 골절을 놓치고, 지인의 신뢰도 놓쳤으니 후회막급이었다.

어디까지 검사할 것인가, 고민은 여전하다

✦

지금도 비슷한 상황이 많이 일어난다. 관절이 아파 병원을 찾으면 정확한 진단을 하기 위해 다양한 검사를 한다. 일반적으로 엑스레이 검사부터 CT, MRI 검사 등을 하는데, 이때 처음부터 할 수 있는 검사를 다 해 아주 작은 부분까지 놓치지 않는 것이 좋은지, 처음에는 최소한의 검사만 하고 경과를 지켜보면서 다음 검사를 하는 것이 좋은지 고민스러울 때가 많다.

가장 기본적인 검사가 '엑스레이 검사'이다. 뼈의 모양을 여러 각도에서 촬영하기 때문에 뼈의 손상 여부나 관절의 상태도 빠르게 확인할 수 있다. 골절이나 연골이 닳고 뼈끝이 뾰족하게 자란 퇴행성관절염, 척추 뼈가 앞으로 밀려 어긋난 척추전방전위증 등은 엑스레이 검사만으로도 진단이 가능하다. 하지만 뼈가 아닌 인대, 신경, 혈관, 근육 등 관절 주변 조직은 엑스레이상으로 나타나지 않기 때문에 이로 인한 질병은 잡아내기 어렵다.

그 당시 환자에게 부담을 주지 않기 위해 권하지 않았던 CT는 지금은 검사비용이 많이 저렴해져 예전만큼 부담스럽지는 않다. CT는 엑스레이를 인체에 투과해 여러 각도에서 연속적으로 단층을 촬영한 후 이를 인체의 횡단면으로 영상을 확인할 수 있는 검사이다. 단순 엑스레이 검사에 비해 구조물이 덜 겹쳐져 구조물 및 병변을 좀 더 명확히 볼 수 있다. 뇌부터 장기에 이르기까지 기본적으로 많이 시행하는 검사법이며, 관절의 상태나 척추관협착증을 판단하는 데도 도움이 된다.

하지만 CT 역시 엑스레이와 마찬가지로 뼈 이외의 연골, 인대, 신경, 혈관, 근육 등 관절 주변 조직을 진단하기는 어렵다. 이때는

MRI(Magnetic Resonance Imaging, 자기공명영상) 검사를 해야 하는데, 비용이 만만치 않다. 그래서 "MRI 검사를 꼭 해야 하나요?"라고 묻는 환자들이 있는데, 그럴 때마다 난감하다.

MRI 검사는 자기장을 활용해 인체의 모든 부분을 영상화하는 검사법으로 관절은 물론 신경, 근육, 인대 등 주변 조직의 상태를 자세하게 파악할 수 있다. 또한 방사선을 이용하는 엑스레이나 CT 검사와는 달리 자기장의 고주파를 이용하고, 조영제를 투여하지 않아 안전하다는 것이 큰 장점이다.

의사 입장에서는 MRI 검사로 예전에는 볼 수 없었던 미세한 부분까지 볼 수 있다는 것이 참으로 다행스럽다. 그렇지만 환자에게 쉽게 권하기는 어렵다. 특히 검사비용을 부담스러워하는 환자들에게는 더욱더 그렇다.

무엇이 환자에게 더 도움이 되는지 판단하기란 쉽지 않다. 환자의 경제적 사정을 고려해 최소한의 검사만 했다가 오히려 결과적으로 환자가 더 고생하게 된 경우도 있기 때문이다.

얼마 전 내원한 60대 환자 분도 그런 경우이다. 그분은 허리가 아파 가까운 정형외과에서 엑스레이를 찍었다. 엑스레이상 아무 이상이 없다는 소견을 듣고 물리치료와 약물치료를 꾸준히 했는데도 호전이 없어 내원했다. MRI 검사를 해보니 디스크가 심하게 파열되어 있었다. 삐져나와 신경을 누르고 있는 디스크를 제거한 후 빠르게 회복했다.

몇 번 비슷한 일을 겪고 난 후 나는 꼭 MRI 검사가 필요하다고 판단되면 권한다. 그것이 어설프게 환자의 경제적 사정을 고려해 주다 환자를 더 힘들게 하는 결과로 이어지는 것보다는 낫다고 생각하기 때문이다.

증상이 비슷한 고관절염과 허리디스크 구분하기

고관절염은 증상이 허리디스크와 구분이 안 돼 고관절염임을 모를 수 있다. 고관절염이나 허리디스크 모두 골반에서부터 다리가 저리고 당기고, 허리가 아프기 때문이다. 이처럼 증상이 여러 면에서 비슷해 두 질환이 함께 있는 경우, 처음에는 허리디스크로만 판단해 디스크 수술을 했다가 수술 후에도 계속 아파 다시 고관절 수술을 하고 낫는 경우가 아주 간혹 있기도 하다.

하지만 고관절염과 허리디스크를 구분할 수 있는 방법이 있다. 고관절에 염증이 있을 때는 양반다리를 하면 아파서 잘 못한다. 또한 걸을 때나 계단을 내려올 때 체중이 고관절에 실리면서 충격을 주어 울리는 느낌과 통증이 심하다.

반면 허리디스크의 경우 양반다리가 잘된다. 또한 걸을 때 충격이 고관절까지 내려가지 않아 허리는 아프지만 골반까지 아프고 울리지 않는다.

고관절염은 허리디스크에 비하면 상대적으로 덜 발생하지만 결코 무시할 수 없는 병이다. 고관절염은 고관절 골절의 후유증으로 생길 수도 있다. 고령의 어르신의 경우 고관절 골절을 제때, 잘 치료하지 않으면 1년 내에 사망할 확률이 20%에 이르니 각별히 조심해야 한다.

120도의 한계

치료 결과에 대한 환자들의 만족도는 다분히 주관적이다. 의사 입장에서 보면 충분히 성공적인 수술임에도 환자가 만족하지 못할 수도 있고, 반대로 의사로서 아쉬움이 남는 수술인데도 환자는 만족스러워하는 경우도 있다.

대부분의 의사들이 그렇겠지만 치료를 잘 끝내고 행복한 일상을 되찾은 환자들을 보는 일은 언제나 즐겁고 가슴 벅차다. 그래서 환자를 치료할 때는 최상의 결과를 목표로 하는데, 때로는 역효과를 내기도 한다. 환자를 위해 한 일인데, 정작 환자의 만족도가 떨어질 때는 정말 어떻게 해야 할지 난감하다.

왜 다리가 구부러지지 않는 거죠?

✦

무릎 인공관절 수술을 시작한 지 얼마 안 되었을 때의 일이다. 당시 일과 가사를 병행하는 슈퍼우먼이었던 유선화(가명, 여, 50대 중반, 백화점 근무) 씨는 무릎 관절염이 심해 인공관절 수술을 받았던 환자인데, 수술 후 적지 않은 컴플레인을 했던 분이라 오랜 세월이 지난 지금도 잊히지 않는다.

유선화 씨는 수술 전 통증이 얼마나 심한지 다리를 어떻게 해도 좋으니 안 아프게만 해달라며 하소연을 했다. 그 모습이 어찌나 절박한지 나 또한 더욱더 수술에 공을 들였다. 다행히 수술은 성공적으로 끝났고, 유선화 씨는 민망할 정도로 내게 감사인사를 했다. 병원에서 마주칠 때마다 쩌렁쩌렁한 목소리로 입에 침이 마르도록 나를 치켜세웠다. 그렇게 고마워하니 나로서도 감사한 일이었지만 한편으론 민망하기도 했다.

그런데 시간이 지날수록 유선화 씨의 태도가 달라졌다.

"선생님, 왜 제 다리가 예전처럼 구부러지지 않죠? 왜 이렇게 다리가 안 구부러지느냐고요? 저, 다리병신 된 거 아니에요? 이럴 줄 알았으면 수술을 안 했을 텐데…… 괜히 수술했나 봐요."

수술 전에는 통증만 없앨 수 있다면 다리가 어떻게 돼도 좋다고 했던 분이 불만을 쏟아내니 당황스럽기도 하고 서운하기도 했다. 물론 환자 입장에서 불안할 수 있다. 당시만 해도 인공관절이 구부러시는 각도는 타고난 인체관절에 미치지 못했다. 보통 정상인이 선 상태에서 무릎을 최대한 구부릴 수 있는 각도는 140도다. 반면 인공관절의 운동범위는 유선화 씨를 수술할 당시만 해도 120도까지 구부리는 것도 어려웠다.

나는 최대한 당시 인공관절의 한계를 상세하게 설명하면서 유선화 씨를 진정시키려고 애를 썼다. 그럼에도 유선화 씨는 계속 불만을 터트리며 신세한탄을 했다. 나도 사람인지라 평정심을 유지하기가 쉽지 않았지만 환자의 입장에서 마음을 읽어주고 어떻게든 불만을 해소시켜주기 위해 노력했다.

사실 의학적으로 인공관절의 구부러지는 각도가 거의 정해져 있는 상황에서 인체관절과 같은 각도를 만들기란 현실적으로 쉽지 않다. 그럼에도 다소 무리하게 무릎 관절을 꺾는 재활운동을 시키면서 좀 더 인체관절처럼 구부러질 수 있도록 애를 썼다. 그 결과 다행히 인체관절만큼은 아니지만 만족스러워할 정도로 다리가 구부러졌고, 유선화 씨는 다시 감사인사를 거듭했다.

때로 과함은 모자람만 못할 수도 있다

✦

사실 지금 유선화 씨를 만났다면 그때처럼 환자의 만족도를 높이기 위해 무리하게 다리의 각도를 만들려고 하지 않았을 것이다. 그것이 오히려 환자에게 나쁜 결과를 가져올 수 있다는 것을 이제는 너무도 잘 알기 때문이다.

강제적으로 다리의 각도를 만들려고 하다보면 심한 경우 근육이 미세하게 파열될 뿐만 아니라 이로 인한 상처가 오히려 다리가 더 구부러지는 것을 방해하는 요인이 될 수 있다. 또한 아무리 다리가 많이 구부러진다고 해도 인공관절이 인체관절처럼 편하고 부드러울 수는 없기 때문에 지금은 무리하게 환자의 관절을 꺾어 인공관절의 운동범위를 더 넓히려고 하지 않는다. 마취를 한 다음 서서히 조금씩 부드럽게 꺾어 각도가 더 나오게 만들고, 그렇게 했는데도 2개월 이상 각도가 90도에 이르지 않을 경우에는 관절내시경을 통해 유착된 부분을 긁어내고 부드럽게 만든 후 각도가 나오도록 한다.

의술은 지식만으로 발전할 수는 없는 것 같다. 수많은 임상경험이 쌓이면서 비로소 환자에게 제일 좋은 치료법이 무엇인지를 알게 되는 경우가 많다. 처음부터 알았다면 환자들이 덜 고생했겠지만 현실적으로 불가능한 일이다. 다소 시행착오가 있더라도 다양한 임상경험을 통해 이후 환자들의 고통을 더 많이 줄여주는 게 의사의 최선이 아닐까 싶다.

Chapter 2

수술에도
골든타임이
있다

관절, 다시 춤추다

재학 씨의 연골을
온전히 살릴 수 없었던 이유

어머니를 따라 최재학(가명, 10대 후반, 남학생) 씨가 우리 병원을 찾아
온 것은 꽤 오래전 일이다. 당시 고등학생이던 재학 씨는 세상의
짐을 다 짊어진 듯 낯빛이 어두웠고 어머니 또한 얼굴에 근심이 가
득했다. 병원을 왜 찾았는지 굳이 듣지 않아도 그 이유가 결코 가
볍지 않음을 짐작할 수 있었다. 아니나 다를까, 어머니에게 하나
뿐인 아들 재학 씨의 무릎이 심상치가 않았다.

 "선생님, 우리 애 무릎이 잘 펴지지도 않고 잘 굽혀지지도 않아
요."

어머니 말대로 재학 씨의 다리는 무릎 잠김 현상을 보였다. 마치 자물쇠로 무릎을 잠가놓은 것처럼 무릎을 잘 펴지도 굽히지도 못했다. 나는 이런 증상이 언제부터 나타났느냐고 물었고 돌아온 대답에 놀라지 않을 수 없었다. 무려 1년이 다 되어가고 있었기 때문이다.

재학 씨의 무릎에 이상이 생긴 것은 학교에서 친구들과 축구를 하다가 심하게 무릎이 꺾인 후부터다. 당시 무릎이 붓고 통증이 심해 정형외과를 찾았는데, MRI 검사 결과 반월상 연골이 손상됐다는 진단을 받았다.

반월상 연골은 허벅지뼈와 종아리뼈 사이에 있는 초승달 모양의 연골로 무릎 관절에서 중요한 역할을 한다. 무릎 관절의 충격을 완화시켜주고, 관절이 자유롭게 움직일 수 있도록 돕는다. 그뿐 아니라 끝이 평평한 허벅지뼈가 미끄러지지 않도록 잡아주는 역할도 한다.

이렇게 중요한 일을 하는 반월상 연골은 무릎 구조물 중에서 가장 손상되기 쉬운 부위이다. 과도한 운동이나 외부의 큰 충격으로 무릎이 뒤틀리거나 꺾이는 경우에도 손상되고, 특별한 일 없이 나이가 들면서 퇴행성으로 조금씩 손상되기도 한다.

일단 반월상 연골이 손상되면 무릎이 뻣뻣하거나 무릎에서 힘이

쑥 빠지는 느낌이 든다. 또한 쪼그려 앉았다가 일어날 때, 계단을 오르내릴 때, 갑자기 방향을 틀 때 순간적으로 무릎이 걸리는 느낌이 들거나 통증이 생겨 움직일 수가 없다. 재학 씨처럼 무릎이 붓고 잘 구부러지지 않거나 펴지지 않는 것도 반월상 연골이 손상됐을 때 나타나는 대표적인 증상이다.

반월상 연골이 조금 손상됐을 때는 저절로 통증이 사라지기도 하는데 대부분 다친 줄 모른 채 방치하고 계속 무리하게 움직인다. 그러면 무릎 관절이 약해져 퇴행성관절염을 유발할 수 있다. 재학 씨는 축구를 하다가 순간적으로 무릎에 큰 충격이 가해지면서 반월상 연골이 그 충격을 감당하지 못하고 손상이 된 듯했다.

당시 다른 병원 의사는 수술을 권했다고 한다. 그러나 어린 나이에 수술을 하면 안 된다는 주변 사람들의 말을 듣고 약물치료만 받았다. 그 결과 무릎의 부기와 통증은 가라앉았지만 무릎이 잘 펴지지도 구부려지지도 않는 증상은 좀처럼 호전되지 않았다.

수술을 미룬 대가는 혹독했다

✦

재학 씨의 무릎이 잠김 현상을 보이는 만큼 안쪽을 자세히 들여다

볼 필요가 있었다. MRI 검사를 했더니 반월상 연골 가장자리가 길게 파열되어 있을 뿐 아니라 파열된 연골이 관절 안에 끼어 있기까지 했다. 이렇게 반월상 연골이 심하게 손상되었을 때는 조기에 적절한 치료를 하는 것이 바람직하다. 치료의 골든타임을 놓치면 손상된 부위가 닳아 반월상 연골이 더 약해지고, 최악의 경우 반월상 연골을 잘라내야 할 수도 있다.

그런데 어머니는 재학 씨가 너무 어리다는 이유로 수술을 극구 반대했다. 손상된 반월상 연골을 더 방치하면 무릎 관절의 기능을 유지하기 힘들고 퇴행성질환이 생길 수 있다고 아무리 말씀드려도 소용이 없었다. 그렇게 어머니와 재학 씨는 완강히 수술을 거부하고 집으로 돌아갔다. 나름 최선을 다하기는 했지만 어머니를 설득하지 못한 것이 내내 마음에 걸렸다.

그러던 어느 날, 어머니와 재학 씨가 다시 병원을 찾았다. 그간 마음고생이 심했는지 둘 다 이전보다 얼굴이 어두워 보였다. 어머니는 예전의 그분이 맞나 싶을 정도로 다짜고짜 하루라도 빨리 아들의 무릎을 수술해달라고 부탁했다. 자식을 둔 부모로서 뒤늦은 후회를 하는 어머니의 모습이 어찌나 안타까운지 마음이 무거웠다.

늦긴 했지만 이제라도 빨리 조치를 취하는 것이 현명한 일이었기에 무거운 마음을 뒤로하고 재학 씨의 무릎을 먼저 체크했다. 처음 병원을 방문한 이후 수개월이 지난 터라 환부의 상태가 걱정됐기 때문이다. 그런데 오랫동안 방치한 탓에 상태가 악화되어 단순히 손상된 부위를 봉합하는 수술로는 치료가 불가능했다. 연골 부위를 잘라내고 다듬어 정리할 필요가 있었다.

연골이 심하게 손상되었더라도 조기에 적절한 치료를 했다면 살릴 수 있었다. 처음 병원에 왔을 때 수술을 했더라면 재학 씨의 연골을 온전히 살릴 수 있었을 텐데, 그 기회를 놓친 것이 못내 아쉬웠다. 그나마 더 방치했으면 연골을 이식했어야 했을 수도 있는데, 찢어진 연골 일부를 잘라내는 데 그쳤으니 다행이라며 위안을 삼을 수밖에 없었다.

이왕 수술하는 김에
양쪽 다리를 다 해달라고?

✦

재학 씨의 사례에서 알 수 있듯이 수술을 해야 할 골든타임을 놓치면 너무 큰 대가를 치러야 한다. 그렇다고 무조건 수술을 서두르는 것도 정답은 아니다.

무릎 인공관절 수술이 필요한 환자 중 '이왕 수술하는 거 반대쪽 다리도 함께 수술해달라'는 분들이 종종 있다. 어차피 반대쪽 다리도 언젠가 연골이 닳아서 수술해야 할 테니 번거롭게 두 번에 나누어 하지 말고 한 번에 끝내자는 것이다.

얼핏 들으면 나름 설득력이 있을 수 있다. 하지만 한쪽 무릎을 수술하게 되었을 때 반대쪽 무릎을 수술하게 될 확률은 대략 60% 정도이다. 이는 환자들의 염려와는 달리 반대쪽 다리에 수술이 필요하지 않을 가능성도 꽤 있다는 것을 의미한다. 그런데 향후 수술이 필요할지 아닐지도 확실치 않은 다리까지 미리 수술한다는 것은 그리 바람직하지 않다.

미리 수술하려는 환자들을 말리는 이유는 또 있다. 인공관절이 처음 나왔을 때는 수명이 10년 정도에 불과했다. 의학이 발전하면서 인공관절의 수명이 많이 늘어 무릎 인공관절의 경우 20년까지 큰 무리 없이 사용할 수 있기는 하다.

하지만 평균 수명 100세 시대가 가까워지고 있기 때문에 너무 이른 나이에 인공관절 수술을 하면 재수술을 해야 할 가능성이 크다. 예를 들어 50대 후반에 무릎 인공관절 수술을 했다면 20년이 지난 70대 후반에 또 한 번 인공관절 수술을 해야 할 수 있다. 예전과는 달리 요즘에는 인공관절 재수술도 성공 확률이 높기는 하지만 고령의 나이에 재수술을 받는 것은 아무래도 조심스러운 일이다.

이런 이유로 관절이 아파도 일상생활을 하는 데 큰 불편이 없다면 가능한 한 수술을 하지 않는 것이 좋다. 관절에 좋은 운동을 꾸준히 하고, 적절한 보존적 치료를 받으면서 최대한 자기 관절로 살다 꼭 수술을 해야 할 때 하는 것이 바람직하다.

관절 수술은 절대 하면
안 된다는데요?

과거와 달리 환자들이 의학정보를 접할 기회가 많아졌다. 건강에 대한 관심이 커지면서 TV나 신문, 잡지 등에서는 하루가 멀다 하고 의학정보가 쏟아지고 있고, 몇 번의 손가락 터치만으로 인터넷을 통해 누구나 원하는 의학정보를 쉽게 찾을 수 있다. 특히 관절질환은 암과 함께 국민질환이라고 불릴 만큼 환자가 급증하면서 이에 대한 정보가 넘쳐난다. 여기에 주변 사람들의 생생한 치료 후기와 건너건너 귀동냥으로 들은 얘기까지 더해지면 이 정보들만 잘 습득해도 반전문가가 될 수 있겠다는 생각이 들 정도다.

환자들이 질병에 대한 정보를 쉽게 접할 수 있다는 것은 좋은 일이다. 문제는 그 많은 정보들 중 확인되지 않은 잘못된 정보가 너무 많다는 것이다. 그럼에도 환자들이 출처도 불분명한 정보를 믿고 의사의 진단과 처방에 의문을 제기하는 경우가 간혹 있다. 한편으론 의사의 말보다 지인들의 경험담이나 '카더라 통신'을 더 신뢰하는 환자들이 야속하기도 하지만 그런 환자들을 이해시키고 신뢰를 회복하는 것 역시 의사가 할 일이라 생각하며 마음을 다잡는다.

잘못된 믿음의 근원

수술이 필요한데도 수술을 거부하는 환자들의 사정은 다양하다. 수술비가 부담스러운 경우도 있고, 수술을 하면 한동안 일을 할 수 없어 고민하는 분들도 있다. 수술에 대한 막연한 두려움이나 걱정 때문만이 아니라 수술을 하면 오히려 더 나빠질 거란 생각에 수술을 피하는 분들도 적지 않다. 얼마 전 오십견으로 병원을 찾은 중년 남성 이수혁(가명, 50대 중반, 회사원) 씨도 그중 하나였다.

이수혁 씨가 어깨가 아파 고생한 지는 1년 정도 됐다. 그동안 치료비로 쓴 돈은 수술을 하고도 남을 정도로 상당했다. 대체 어떤 치료를 받았기에 그렇게 큰돈이 들어갔는지 궁금해 물었고, 그제야 왜 이수혁 씨가 그 많은 돈을 치료비로 썼는지 납득이 되었다. 알고 보니 여러 병원을 전전하며 뼈주사, 프롤로테라피 치료, 줄기세포 주사치료, 체외충격파 치료 등 고가의 비수술적 치료를 지속적으로 받아왔던 것이다.

그러나 돈을 들인 보람도 없이 증상은 호전되지 않았다. 오히려 통증이 더 심해지고, 팔이 더 굳어 지친 몸과 마음을 이끌고 내원했다.

이수혁 씨처럼 비수술적 치료로 증상이 호전되지 않거나, 증상이 발생한 후 6개월 이상 지났거나, 또는 밤에 통증이 심한 경우 대부분의 의사가 관절내시경을 이용한 수술을 권한다. 이수혁 씨가 치료를 받았던 다른 병원에서도 이미 수술을 권했었다고 한다.

"이전 병원에서 수술을 하는 것이 좋겠다고 했는데, 제가 딱 잘라서 거절했습니다."

"그동안 아주 힘드셨을 텐데, 왜 수술을 거부하셨나요?"

"주변에서도 그렇고 인터넷을 찾아봐도 관절 수술은 하는 게 아니라는 얘기를 많이 하더라고요. 해서 좋아진 사람보다 더 안 좋아진 사람이 많다는데, 그런 수술을 굳이 해야 할 이유가 없지 않습니까?"

너무 단호하니 잠시 말문이 막혔다. 아마 다른 병원의 의사들도 마찬가지였을 것이다. 이수혁 씨처럼 1년 가까이 비수술적 치료를 했음에도 호전이 없으면 수술을 하는 것이 낫다고 판단했겠지만 환자가 너무 단호하니 더 이상 수술을 권하지 못했던 것 같다.

물론 수술 후 기대한 만큼 호전되지 못한 분들도 있을 수 있다. 하지만 그보다는 수술 후 경과가 좋아 행복한 일상을 되찾은 분들이 더 많다. 그럼에도 수술 후 더 나빠졌다는 정보만 선택적으로 받아들이고 믿는 분들은 어쩌면 처음부터 수술을 받고 싶지 않은 마음이 컸을 수도 있다.

실제로 사람들은 자신이 믿고 싶어하는 정보만 선택적으로 받아들이는 경향이 있다. 수술하고 싶지 않은 마음이 수술에 대한 부정적인 정보에만 눈과 귀를 반응하게 만들고, '수술은 나쁘다'는 잘못된 확신을 갖게 만드는 것일지도 모른다.

결국 환자들이 자신에게 가장 맞는 최선의 치료법을 찾으려면 마음부터 열어야 한다. 그래야 다양한 정보를 편견 없이 접하고 객관적인 판단을 할 수 있다. 가장 적절한 치료를 받으면서 고통에서 빨리 벗어나 행복한 일상을 찾을 수 있음은 물론이다.

시술과 수술 사이

✦

만약 수술을 하지 않고 비수술적 치료만으로 좋아질 수 있다면 그 또한 좋은 일이다. 실제로 비수술적 치료가 많이 발전하면서 웬 만한 관절·척추 질환은 비수술적 치료만으로도 호전되는 경우가 많다. 허리디스크나 척추관협착증 등의 척추질환도 심하지 않은 초·중기일 때는 비수술적 치료로도 좋은 결과를 기대할 수 있다.

비수술적 치료에는 물리치료, 약물치료, 주사치료는 물론 시술 까지 다 포함된다. 수술이 메스로 환부를 절개하는 것이라면 시술 은 작은 구멍을 내는 것이라 이해하면 된다. 크게 절개하는 수술보 다 시간이 적게 걸리고 회복이 빨라 수술을 두려워하는 환자들도 시술은 선호하는 편이다.

수술 못지않게 예후가 좋고 환자들의 만족도가 높은 시술 중 하 나가 '신경성형술'이다. 신경성형술은 허리디스크나 척추관협착증 환자들에게 많이 시행하는 시술이다. 국소마취를 한 후 꼬리뼈 부 위에 작은 구멍을 내 카테터를 신경을 압박하는 디스크에 넣고 국 소마취제, 스테로이드, 고농도의 생리식염수 등의 약물을 주입하 는 치료법이다. 환부에 직접 약물을 주입해 증상이 빨리 호전된다 는 것이 장점이다.

신경성형술의 효과는 이미 여러 논문에서 입증되었다. 논문마다 조금씩 차이가 있지만 1개월, 3개월, 6개월, 1년의 추적관찰 기간 중에 요통 및 하지 통증이 의미 있게 호전되었다는 데는 이견이 없다. 또한 아주 심한 디스크 파열도 70% 정도는 수술 없이 치료가 된 것으로 나타났다. 결국 수술을 받아야 했던 환자는 30% 정도였던 셈이다.

신경성형술 덕분에 수술을 하지 않고도 호전되는 환자들이 확실히 많아졌다. 하지만 대부분 척추질환에 한정된 이야기이다. 물론 무릎 관절도 절개를 하지 않고 작은 구멍을 내 찢어진 연골을 봉합하거나 다듬을 수 있지만 인공관절로 대체하는 치료는 아직까지는 수술만으로 가능하다.

사실 인공관절 수술은 안전하다. 100% 완벽한 수술은 없다지만 인공관절 수술이 잘못되는 경우는 극히 드물다. 그럼에도 여전히 수술이 두렵다는 이유만으로 잘 걷지도 못해 삶의 질이 크게 떨어져 몸과 마음이 많이 지친 상태에서도 수술을 하지 않으려는 분들이 있다. 수술에 대한 두려움을 이해할 수 있기에 그런 환자들을 탓하기도 어렵다. 그러니 인공관절 수술을 대체할 만한 시술이 개발되어 수술이 필요한 환자들이 하루라도 빨리 통증에서 벗어날 수 있는 날을 상상해보곤 한다.

연골이 다 닳았는데도
수술이 필요 없다?

무릎이 아파 병원을 찾으면 정확한 진단을 위해 엑스레이, CT,
MRI 등의 검사를 한다. 이러한 영상검사 결과를 바탕으로 환자의
상태를 파악하고 적절한 치료법을 찾기 마련이다. 하지만 때로는
영상검사 결과가 치료법을 결정하는 절대적인 기준이 아닐 수도
있다.

　최영란(가명, 80대 초반) 할머니가 그런 경우였다. 할머니는 오랫동
안 무릎통증을 안고 살아왔다. 무릎이 아픈 지는 오래됐지만 심각
하게 생각하지 않았다. 계단을 오르내릴 때는 통증이 좀 심해서 고

생을 하기는 했지만 다른 때는 참을 만했기 때문이다. 운동을 워낙 좋아해서 매일 집 근처 공원에 나가 걷기 운동을 하는데 1시간 넘게 무리하지 않는 한 무릎이 크게 아프지 않았기에 더더욱 무릎 상태를 걱정하지 않았다.

그랬던 할머니가 우리 병원을 찾아왔다. 여느 날처럼 공원에 나가 걷기 운동을 하는데 그날따라 인근에 있던 우리 병원 간판이 눈에 띄었기 때문이다. 사는 데 큰 지장은 없어도 오랜 시간 무릎이 아팠으니 언젠가 병원에 가서 검사는 한번 해봐야겠다고 생각하던 차였기에 그길로 내원한 것이었다.

검사 결과, 할머니의 무릎은 엑스레이만으로도 확인이 가능할 정도로 관절염이 심각했다. 연골이 다 닳아 위아래 무릎 뼈가 딱 붙어 있는 것처럼 보일 정도였다. 할머니는 검사 결과에 큰 충격을 받은 듯했다. 통증은 있어도 사는 데 큰 불편이 없었는데 그런 검사 결과가 나왔으니 마른하늘에 날벼락을 맞은 것처럼 크게 놀라셨다.

"아이고 선생님, 수술해야 하나요? 수술하는 거 싫은데……."

영상검사 결과 못지않게
통증의 정도도 중요하다

✦

연골은 위아래 무릎 뼈 사이에서 완충역할을 한다. 우리가 걷거나 뛰어도 무릎이 아프지 않은 것은 다 연골이 충격을 흡수해주기 때문이다. 이런 연골이 없으면 움직일 때마다 뼈와 뼈가 부딪히면서 극심한 통증이 발생한다. 더 악화되면 그냥 가만히 있어도 무릎이 아파 정상적인 일상생활이 불가능해진다. 그래서 일반적으로 최영란 할머니처럼 연골이 다 닳아 없어진 경우에는 수술이 필요하다.

하지만 나는 할머니에게 수술을 권하지 않았다.

"정말요? 선생님, 정말 저 수술하지 않아도 되나요?"

할머니는 당장 수술하지 않아도 된다는 말에 안도의 한숨을 내쉬면서도 한편으론 불안한 기색이었다. 엑스레이상 관절염이 심하다고 하면서도 수술은 하지 않아도 된다고 하니 정말 괜찮을지 걱정스러운 눈치였다.

퇴행성관절염이 심할 때 수술을 하는 이유는 엑스레이나 MRI 검사를 했을 때 정상적인 관절의 모양이 나오도록 만드는 것이 아니라 '통증을 줄이고 불편을 최소화해 일상생활을 가능하게 하기 위해서'이다. 따라서 최영란 할머니처럼 엑스레이상으로는 퇴행성

관절염이 심해도 통증이 별로 없고 일상생활을 하는 데 큰 무리가 없다면 굳이 수술하지 않아도 된다.

사실 연세가 많은 어르신들의 무릎을 엑스레이로 찍어보면 연골이 멀쩡한 분들이 거의 없다. 위아래 무릎 뼈가 맞닿아 있을 정도로 연골이 다 닳은 분들이 대부분인데, 그렇다고 모두 다 무릎 통증으로 고생하지는 않는다. 최영란 할머니처럼 약간의 통증은 있어도 일상생활에는 지장이 없는 분들도 꽤 많다.

어떻게 연골이 다 닳았는데도 통증이 심하지 않을까? 퇴행성관절염은 연골만 닳는 것이 아니라 무릎 뼈도 변한다. 무릎 뼈가 뾰족하게 자라면서 울퉁불퉁해지는데, 그러다보니 뼈가 부딪히면 그 자체로도 충격이 크고, 주변의 인대와 근육도 자극해 염증이 생기고 통증이 심해진다.

그런데 오랜 시간에 걸쳐 서서히 퇴행성 변화가 일어나는 경우 연골이 닳아 없기는 하지만 무릎 뼈가 뾰족하지 않을 수 있다. 마치 흐르는 시냇물에 조약돌이 동글동글해지듯이 무릎 뼈도 서서히 퇴행성 변화에 적응하면서 단면이 매끄러워진 경우다. 이를 '안정화'되었다고 하는데, 이런 경우에는 연골이 없어도 통증이 그리 심하지 않다.

이처럼 퇴행성관절염은 엑스레이를 비롯한 영상검사 결과도 중요하지만 그보다는 개인이 느끼는 통증의 정도를 기준으로 수술 여부를 결정한다. 그러니 엑스레이 검사에서 연골이 다 닳은 것으로 나왔다고 해서 지레 겁먹을 필요는 없다.

마찬가지 이유로 엑스레이나 MRI 검사결과로는 심하지 않더라도 환자가 극심한 통증을 호소하거나 일상에서 큰 불편을 겪는다면 수술을 고려해볼 수도 있다. 검사결과가 나쁘지 않다고 환자의 고통과 불편을 외면하는 것도 바람직하지는 않다.

수술은 안 해도 치료는 필요하다

"수술 대신 약물치료와 물리치료를 받으시면 많이 좋아지실 거예요. 또 지금처럼 매일 공원에 나가 걷기 운동도 열심히 하시구요."
"네네, 선생님이 시키는 대로 할 거구만요."

최영란 할머니의 경우 수술을 할 필요는 없지만 계단을 오르내릴 때 통증이 있기 때문에 방치해서는 안 된다. 퇴행성관절염은 시간이 지날수록 더 나빠지기 쉬워 지금은 괜찮아도 적절한 치료를 하지 않을 경우 얼마든지 심해질 가능성이 있기 때문이다. 통증이 있을 때 그냥 참지 말고 물리치료나 약물치료를 받아야 퇴행성관절염이 더 진행되는 것을 늦출 수 있다.

꾸준히 운동을 하는 것도 중요하다. 할머니가 관절염이 심한데도 지금까지 통증을 적게 느꼈던 데는 걷기 운동이 상당한 도움이 되었을 것이다. 관절염 환자에게 운동이 독이 된다고 생각하는 분들도 있는데 그렇지 않다. 너무 무리한 운동은 독이 될 수도 있지만 적절한 운동은 하체근육을 단련시켜 관절 건강을 지키는 데 도움이 된다.

무조건
작게 쨀수록 좋을까?

내가 의사생활을 시작할 때만 해도 'Big Surgeon, Big incision'이라는 말이 있었다. 훌륭한 의사는 절개(incision) 또한 크다는 의미다. 크게 절개하고 수술하는 의사를 빅 서전(Big Surgeon)이라 하여 칭송하던 시절이었다. 하지만 지금은 다르다. 가능한 한 절개 부위를 최소화할 수 있는 의사가 '수술 잘하는 의사'로 인정받는다.

작게 째고 수술하면 여러 가지로 좋다. 수술 시간도 줄어들고, 환자의 회복이 빠르고, 부작용이 발생할 위험도 적다. 그렇다 보니 지금은 분야를 막론하고 크게 째고 수술하기보다는 가능한 한

작게 째고 수술하는 것이 하나의 트렌드처럼 자리를 잡았다.

하지만 무조건 작게 째는 것이 좋을까? 그렇지는 않다. 환자에 따라서는 불가피하게 크게 절개하고 수술해야 하는 경우도 있다.

내시경 시술을 고집했던 그분

✦

골드미스 노경선(가명, 50대 중반, 학원강사) 씨는 심한 관절염으로 우리 병원을 찾은 환자였다. 40대 중반에 접어들면서부터 무릎이 아팠다. 너무 젊은 나이라 설마 관절염이라고는 생각지도 못했다. 무릎이 아플 때마다 물리치료를 받거나 진통제를 복용했는데, 50세가 넘으면서 물리치료나 약으로 통증이 가라앉지 않았다.

노경선 씨는 그간 통증을 다스리기 위해 안 해본 것이 거의 없었다. 좋다는 치료는 다 받아봤는데도 그때만 잠시 잠잠할 뿐 통증은 여지없이 다시 도지고 점점 심해졌다.

하지만 수술만은 하고 싶지 않았다. 비교적 젊은 나이인 데다 수술 후 부작용과 합병증에 대한 얘기를 많이 들었기 때문이다. 그렇게 몇 년을 버티는 동안 무릎 통증은 더 악화되었고, 심지어는 통증 때문에 잠을 제대로 못 자고 식사도 잘 하지 못해 몸무게가 급격히 줄었다. 처음 우리 병원을 방문했을 당시 노경선 씨는 누가 봐도 안쓰러울 정도로 몸이 말라 있었다.

더 이상 버틸 수 없는 지경에 이르자 노경선 씨는 할 수 없이 내시경 시술을 결심했다. 일단 시술을 받겠다고 결정하니 마음이 급해졌다. 수술보다 시술이 안전하다고는 하나 하루라도 빨리, 믿고 시술을 맡길 수 있는 병원을 찾아야 했기 때문이다. 그날 이후 노경선 씨는 여러 병원을 전전하며 진료를 받았고, 우리 병원도 그중 하나였다.

엑스레이와 MRI 검사를 할 때까지만 해도 나나 환자 모두 인공관절 수술이 필요할 것이라고는 생각지 못했다. 하지만 검사결과는 뜻밖이었다. 연골은 다 닳아 없어졌고, 뼈도 마모되고 끝이 자라 뾰족뾰족했다. 관절염 말기였다. 인공관절 수술을 하기에는 나이가 젊은 편이었지만 다른 방법이 없었다.

"아니 인공관절 수술이라니요. 다른 병원에서는 내시경 시술로도 얼마든지 치료할 수 있다는데 왜 원장님은 인공관절 수술을 하라는 거예요?"

인공관절 수술을 권하자 노경선 씨는 다짜고짜 따지듯이 물었다. 무릎 수술을 위해 이곳저곳 병원을 다니면서 내시경 시술로 관절염 치료를 할 수 있다는 말을 들은 모양이었다.

인공관절 수술을 하려면 적어도 8cm 이상을 절개해야 한다. 반면 내시경 시술은 1cm 미만의 작은 구멍만 몇 개 내면 된다. 그러니 환자 입장에서는 내시경 시술을 하고 싶어하는 것이 당연하다. 나 또한 내시경으로 치료가 가능하다면 당연히 내시경 시술을 했을 것이다.

노경선 씨에게 검사결과를 보여주며 왜 인공관절 수술이 필요한지 차근차근 설명했다. 그럼에도 그녀는 내시경 시술을 고집했다.

"인공관절 수술은 무섭기도 하고, 흉터도 많이 남아 싫어요. 무조건 내시경 시술로 해주세요."

내시경 시술을 원하는 마음은 이해 못할 것은 없지만 백 번 생각해도 노경선 씨의 무릎 상태는 내시경 시술로 끝날 일이 아니었다. 원하는 대로 내시경 시술을 해도 효과를 장담할 수 없고, 설령 통증이 가라앉아도 언제 재발할지 모른다. 그래서 다시 한번 인공관절 수술을 진지하게 고민해보시라 말씀드리고 정중하게 돌려보냈다.

다시 나를 찾아오지 않을 수도 있었지만 생각할 시간을 드리는 것이 여러모로 노경선 씨를 위한 일이라고 생각했다. 의사와 환자가 치료에 대한 견해가 다르면 의사도 환자도 득이 될 게 없기 때문이다. 치료 결과가 좋으려면 환자와 의사 사이의 신뢰가 중요하기 때문에 노경선 씨가 나의 권유도 진지하게 생각해보고, 또 본인 스스로 신뢰가 가는 의사를 찾아볼 수 있는 시간도 가질 수 있도록 경선 씨를 배려한 것이었다.

결국 노경선 씨는 나를 다시 찾아오지 않았다. 아마도 다른 병원에서 내시경 시술을 받았을 가능성이 크다. 나를 믿어주지 않았다고 섭섭하지는 않다. 차라리 내 판단이 틀렸기를 바라기도 한다. 그래야 노경선 씨가 무릎 통증에서 해방되어 평온한 일상을 누릴 수 있으니까 말이다.

환자의 생각도 존중해야 한다

지금 다시 생각해봐도 노경선 씨의 경우 내시경 시술로는 한계가 명확하기 때문에 인공관절 수술을 하는 것이 맞다. 당시 나로서는 노경선 씨에게 좀 더 생각할 시간을 드리는 게 최선이었다. 하지만 만약 노경선 씨가 다시 나를 찾아 "고민해봤지만 역시 내시경 시술을 했으면 좋겠다"고 했으면 나 또한 생각을 바꿨을 수 있다.

외과의사들은 '수술 잘한다'는 평가를 영예롭게 생각한다. 수술을 주로 해야 하는 외과의사 입장에서 '수술을 잘 못한다'는 것은 치명적이다. 그래서 외과의사라면 누구나 수술을 잘하기 위해 열심히 노력한다.

물론 나이가 들면 아무래도 체력이 젊었을 때보다는 떨어지기 때문에 수술을 많이 하기도 힘들고, 장시간 동안 해야 하는 수술이 부담스러워지는 것이 당연하다. 그래서 나이가 들어도 수술을 잘할 수 있도록 꾸준히 체력관리를 하는 외과의사들이 많다. 나 또한 시간 날 때마다 운동을 하려고 노력한다.

수술을 잘한다는 것은 무엇을 의미할까? 수술을 빨리 끝내면 잘하는 의사일까? 사실 수술 시간이 길어지면 그만큼 마취 시간 또한 길어지기 때문에 환자에게 좋지 않다. 그뿐 아니라 비록 수술실이 무균실이라 해도 공기 중에 환부가 오래 노출되면 감염 위험성이 커지는 것도 사실이다. 이런 이유로 수술 잘하는 의사가 되려면 가능한 한 빠른 시간 안에 수술을 끝내는 것이 중요하다.

하지만 수술을 빨리 끝내는 것만으로는 부족하다. 예를 들어 인공관절 수술을 할 때 어떤 외과의사는 1시간 안에 끝내는데, 다른 외과의사는 서너 시간이 걸릴 수도 있다. 의사의 성향과 수술 방식의 차이 때문이다. 수술할 때 출혈을 최소화하기 위해 지혈을 꼼꼼하게 하는 의사는 시간이 많이 걸릴 수 있고, 큰 혈관만 신경 쓰고 작은 혈관은 무시하면서 수술하는 의사는 시간이 덜 걸린다. 수술하는 과정에서 결정을 해야 할 때 빠르게 하는 의사가 있는가 하면 신중하게 여러 경우의 수를 고려한 후 결정하는 의사도 있다. 이처럼 여러 조건에 의해 수술 시간이 달라지므로 수술 잘하는 의사가 되려면 빨리 끝내는 것 외에 다른 조건도 갖추어야 한다.

중요한 조건 중 하나가 환자의 성격이나 상태를 충분히 고려하는 것이다. 의사 관점에서는 수술하는 것이 환자에게 좋다는 판단이 서도 노경선 씨처럼 환자가 수술을 극구 거부하거나 부정적으로 생각한다면 존중할 필요가 있다. 환자가 충분히 공감하고 동의하지 않은 상태에서 수술을 강행하면 기대했던 만큼의 결과를 얻지 못해 환자가 불만을 계속 호소할 수 있기 때문이다.

결국 수술 잘하는 의사는 수술 전 최적의 치료방법을 잘 판단하는 의사라 해도 과언이 아니다. 환자의 상태, 성향 등 여러 가지 상황을 종합해 환자에게 가장 도움이 되는 치료법을 선택할 수 있어야 수술 잘하는 의사가 될 수 있다.

그런 의미에서 노경선 씨의 사례는 아쉬움이 남는다. 좀 더 환자의 마음을 헤아려주고, 조금 돌아가더라도 환자가 원하는 대로 내시경 시술부터 했다면 어땠을까? 수술 과정과 수술 이후 발생할 수 있는 부작용에 잘 대처하는 것만이 아니라 수술 전 환자와 충분히 공감하는 것 또한 수술 잘하는 의사의 조건이라는 것을 생각하면 아쉬움은 더 커진다.

05

때론 수술이 가능하다는 것만으로도 고맙다

보통 관절이 아프면 처음에는 약국에서 파스를 사다 붙이거나 동네 병원을 찾아 물리치료를 받고 약을 처방받아 복용한다. 초기에는 그렇게 해도 어느 정도 통증이 가라앉고, 일상생활을 할 수 있다.

하지만 시간이 지날수록 증상이 심해지고, 약을 먹거나 물리치료를 해도 잘 낫지 않는다. 움직이기도 점점 힘들어지고, 밤에는 통증으로 잠을 잘 수도 없는 지경에 이르러서야 전문병원을 찾는다.

상태가 악화될 대로 악화된 상태에서 병원을 찾으면 수술을 고려해야 하는 경우가 많다. 다 그런 것은 아니지만 '수술이 필요하다'고 말하면 마치 사형선고라도 받은 것처럼 사색이 되는 환자들이 있다. 수술이 필요할 것이라곤 전혀 생각지 못했던 환자들은 더욱 그렇다.

설마 했는데, 수술을 해야 한다는 소리를 들으면 놀라는 것이 당연하다. 그러나 더 무서운 상황은 따로 있다. 바로 '수술이 불가능한' 상황이다.

어렵게 수술을 결심한 상용 씨의 눈물

아내의 부축을 받고 처음 병원을 찾은 박상용(가명, 50대 중반, 연구원) 씨는 무척 지쳐 보였다. 그도 그럴 것이 40대 중반부터 무릎이 아팠다고 하니 무릎통증으로 고생한 지 벌써 10년이 넘은 시점이었다. 그가 무릎통증을 오랜 세월 방치한 것은 처음 무릎통증이 나타났을 때 비교적 젊었기 때문이다. 아직 창창한 나이이니 내 다리를 쓸 수 있을 때까지 쓰고, 웬만하면 수술은 피하자는 마음이 컸던 것이다. 그런데 증상은 점점 심해졌고, 6개월 전부터는 보행기에 의지하지 않고서는 걸을 수 없는 지경에 이르렀다.

바깥을 자유자재로 나갈 수 없는 상황은 박상용 씨의 마음을 병들게 했다. 게다가 다리도 O자로 심하게 휘어져 마음을 단단히 먹고 외출을 해도 자신을 바라보는 사람들의 시선에 주눅이 들어 우울감이 밀려왔다. 그러나 병원을 찾아가기가 망설여졌다. 의사는 아니지만 자신의 무릎 상태가 수술을 요할 만큼 심각하다는 것을 직감적으로 알 수 있었기 때문이다.

박상용 씨는 그렇게 또 버티기에 들어갔다. 그러다가 어느 순간 이렇게 살다 죽을 수는 없다는 생각에 수술을 해야겠다고 결심하고 병원을 찾았다. 검사결과는 예상했던 대로였다. 인공관절 수술 외에는 답이 없었다. 박상용 씨도 순순히 수술에 동의했다.

그런데 뜻밖의 복병이 있었다. 수술을 하기 위해 내과적인 여러 검사를 했는데, 안타깝게도 심장이 너무 좋지 않았다. 그대로 수술을 진행하면 위험한 상황이 벌어질 수도 있었다. 나로서도 무척 당혹스럽고 안타까운 일이었지만 어쩔 수 없이 아주 힘들게 수술이 어렵다고 말씀드렸다.

박상용 씨의 얼굴은 순식간에 흙빛으로 변했다. 어렵게 수술을 결심했는데 수술을 할 수 없다니 믿어지지 않는 표정이었다. 수술을 하고 다시 예전처럼 살 수 있으리란 희망은 순식간에 절망으로 바뀌었다.

내 마음도 너무 좋지 않았다. 어떻게든 수술할 수 있는 방법을 찾고 싶어 내과 전문의에게 도움을 청했다. 박상용 씨의 심장을 면밀히 살펴본 내과 전문의는 쉬운 일은 아니지만 우선 몇 달 동안 심장을 집중 치료하면 수술이 가능하다고 말했다.

내과 전문의의 말을 들은 박상용 씨는 뛸 듯이 기뻐했다. 불과 며칠 사이에 희망과 절망 사이에서 롤러코스터를 탔던 그는 다시 마주한 희망 앞에서 결의를 다졌다.

"선생님, 심장 치료 잘 받을 테니 꼭 수술해주세요."

이후 박상용 씨는 스스로의 약속을 잘 지켰고, 무사히 수술할 수 있었다.

기저질환,
수술을 어렵게 만들지만 길은 있다

✦

박상용 씨처럼 기저질환이 있는 분들은 많다. 50대만 해도 고혈압과 당뇨병 등 만성질환 하나쯤 갖고 있는 분들이 흔하고, 60~70대쯤 되면 거의 대부분이 만성질환을 앓고 있다고 봐도 무방하다.

흔히 고혈압, 당뇨병, 심장병 등과 같은 기저질환이 있으면 수술이 어렵다고 아는 분들이 많다. 틀린 말은 아니다. 상용 씨를 절망의 나락으로 몰고 갔던 심장병은 실제로 수술을 하는 데 있어 중요한 변수로 작용한다. 심장이 약하면 수술 자체를 견디기도 버거울 뿐만 아니라 수술 후 회복하는 데도 여러 가지 문제가 생길 수 있기 때문이다.

당뇨병이 있을 경우에도 주의해야 한다. 당뇨병이 있으면 수술 시 감염될 위험이 증가하고 수술 후 합병증이 발생하기 쉽다. 혈액순환이 잘 안 되고, 수술한 관절에 영양분을 충분히 공급하지 못해 회복이 더딜 수도 있다. 혈관질환, 특히 말초 혈관이 막혀 있는 경우에도 수술 후 상처가 잘 아물지 않을 수 있으니 신중을 기해야 한다.

신장이 좋지 않은 분들도 세심한 주의가 필요하다. 인공관절 수술 후 발생할 수 있는 합병증 중의 하나가 급성신장손상이다. 한 연구결과에 의하면 인공관절 수술을 받은 환자의 약 5~15%가 급성신장손상을 겪는다고 한다. 대부분 회복되지만 드물게 만성신부전으로 이어질 수도 있다. 따라서 신장이 좋지 않은 경우 수술 후 신장이 더 나빠질 수 있으니 조심해야 한다.

이처럼 기저질환이 있으면 수술이 쉽지 않은 것이 사실이다. 하지만 불가능한 일은 아니다. 고혈압과 당뇨병을 앓고 있어도 약물 등으로 혈압이나 혈당이 잘 조절되고 있다면 안전하게 수술을 받을 수 있다. 요즘에는 고혈압이나 당뇨병은 아주 흔한 질병으로 대부분 약물로 잘 조절할 수 있으니 크게 걱정할 것은 없다.

심장이 좋지 않아도 적절한 치료를 받았다면 수술이 가능하다. 심장으로 가는 혈관이 막힌 환자들이 많이 받는 시술 중 하나가 스텐트 시술이다. 이는 막힌 혈관에 스프링(그물망)을 넣어 혈관을 넓혀주어 혈액이 잘 흐르도록 하는 시술인데, 이 시술을 받고 일정기간이 지나고 나면 인공관절 수술을 문제없이 받을 수 있다.

기저질환은 더 이상 인공관절 수술을 불가능하게 만드는 요인이 아니다. 그러니 기저질환이 있더라도 지레 포기하지 말고 적절한 치료를 받는 것이 좋다.

06

인공관절 수술은
최후의 보루여야 한다

"친구가 무릎 인공관절 수술을 했는데, 정말 좋아 보이데요. 전에
는 나와 비슷하게 잘 못 걸어서 고생했는데 이젠 얼마나 잘 걷는
지……, 다리도 구부정했는데 똑바로 펴진 것이 너무 부럽구만요."

무릎 인공관절 수술을 하고 싶다며 내원한 홍순자(가명, 70대 후반)
할머니의 이야기이다. 실제로 인공관절 수술을 받은 분들의 만족
도는 상당히 큰 편이다. 심지어는 제2의 인생을 얻었다고 말씀하
시는 분들도 많다. 그렇다 보니 수술을 꺼리는 분들도 많지만 홍순
자 할머니처럼 수술을 긍정적으로 생각하여 하고 싶어하는 분들도

점점 늘어나는 추세다.

하지만 인공관절 수술은 어디까지나 최후의 보루여야만 한다. 임플란트가 아무리 발달했어도 자기 치아를 살리는 게 더 좋다. 그래서 충치가 심해도 어떻게든 뽑지 않고 치료하려 한다. 충치가 생긴 부분을 제거하고, 치아가 너무 약하면 기둥을 세우고, 크라운을 씌우더라도 자기 치아를 살리는 게 먼저다.

관절도 마찬가지다. 건강한 관절을 오래도록 유지하면 더 바랄 것이 없겠지만 설령 다소 불편한 관절이라도 내 관절을 오래 유지하는 것이 좋다.

관절염 진행정도에 따라 치료법도 다르다

무릎 관절염은 하루아침에 악화되는 병이 아니다. 오랜 세월에 걸쳐 서서히 진행되는데 보통 증상과 진행정도에 따라 1기부터 4기, 4단계로 구분한다.

1기는 무릎 연골이 닳기 시작해 두께가 조금 얇아진 상태다. 처음 걷기 시작할 때 약간의 통증이 있지만 좀 더 걸으면 금방 괜찮아진다. 하지만 오래 걸으면 뻐근하고 붓기도 한다. 또한 평지를 걸을 때는 괜찮은데, 계단을 오르내릴 때 통증을 느낄 수도 있다.

1기 때는 대부분 대수롭지 않게 여기고 지나간다. 항상 통증이 있는 것이 아니라 무리했을 때 간헐적으로 나타나고, 쉬면 곧 좋아지는 경우가 많기 때문이다.

무릎 관절은 가장 체중 부하를 많이 받는 관절로 체중이 많이 나갈수록 그만큼 무릎에 실리는 부담도 커진다. 따라서 1기 때는 꾸준히 운동하고 표준체중을 유지하는 것만으로도 통증을 효과적으로 다스릴 수 있다. 운동과 다이어트가 1기에 적합한 최적의 치료법인 셈이다.

관절염 초기에는 연골이 닳기만 했다면 2기가 되면 연골이 더 닳고 일부가 부서져 작은 연골 조각이 관절을 감싸고 있는 윤활액 속에 떠다닌다. 연골 표면도 울퉁불퉁해지고 수분이 빠져 말랑말랑해야 할 연골이 탄력을 잃기 시작한다.

이쯤 되면 예전보다 무릎이 훨씬 더 자주, 더 많이 아프다. 특히 계단을 오르내릴 때 아프고 쑤신 증상이 심해지는데, 1기처럼 운동과 다이어트만으로는 효과를 보기 어렵다. 운동요법과 함께 약물치료를 해야 할 단계다.

약물치료는 입으로 먹는 경구용 약을 복용하거나 주사를 맞는 방식(주사치료) 두 가지가 있다. 관절약은 염증을 가라앉히고 통증을 없애주는 소염진통제가 대부분이다. 크게 비스테로이드계 소염진통제(일반적인 소염진통제)와 스테로이드계 소염진통제가 있다. 스테로이드계 소염진통제는 통증을 가라앉히는 효과가 탁월하지만 장기간 복용하면 심각한 부작용이 나타날 수 있으므로 꼭 의사의 처방에 따라 복용해야 한다.

주사치료는 관절약을 먹어도 통증이 좀처럼 가라앉지 않을 때 시행한다. 주사치료에는 뼈주사, 연골주사, 프롤로 주사, PRP(자가혈소판풍부혈장) 주사 등이 있는데, 그 종류에 따라 효과와 장단점이 다르고 증상과 단계에 따라 주사의 종류도 달라지기 때문에 무턱대고 아무 주사나 맞아서는 안 된다. 관절약처럼 전문의와 상담 후 나의 관절상태에 맞는 주사치료를 받는 것이 좋다.

주사치료를 받아도 증상이 호전되지 않는다면 이미 관절염이 3기나 4기로 넘어간 상태로 봐도 무방하다. 3기는 연골이 많이 손상되어 뼈끝이 자라고 염증이 심해지는 단계다. 조금만 걸어도 다리가 붓고, 육안으로 보기에도 다리가 휜 상태가 확인되며, 움직일 때마다 통증이 심해 걸을 엄두조차 내지 못한다. 특히 계단을 오르내릴 때는 통증이 심하다.

일반적으로 3기부터는 수술적 치료를 고려한다. 3기에 주로 시행되는 수술적 치료에는 관절내시경 시술과 무릎 교정 절골술이 있다. 관절내시경 시술은 피부에 1cm 미만의 작은 구멍을 2~3군데 내서 초소형 비디오카메라와 수술기구 등을 장착한 가느다란 관을 그 구멍 속으로 넣어 8배 확대된 화면을 보고 관절 내부를 정확하게 보면서 진단과 시술을 동시에 시행하는 치료법이다.

관절내시경 시술의 종류는 다양하다. 찢어지고 울퉁불퉁한 연골에 고주파를 쏘아 연골을 매끄럽게 다듬고 연골재생을 유도하는 연골 성형술, 연골이 손상된 부위에 여러 개의 구멍을 뚫어 혈액순환을 도와 연골재생을 돕는 미세 천공술, 손상된 연골을 다른 부위의 건강한 연골로 이식하는 자가 연골 이식술 등이 있다.

'근위경골 절골술'이라고도 불리는 무릎 교정 절골술은 관절염으로 인해 O자로 심하게 변형된 다리의 종아리뼈(경골)를 바로잡아 관절 안쪽에 집중되어 있는 체중부하를 관절염이 없는 바깥쪽으로 분산시켜 관절염의 진행속도를 늦추는 치료법이다. 자신의 무릎을 그대로 살려두기 때문에 치료효과가 좋고, 수술이 비교적 간단해 부작용과 합병증의 위험도 낮지만, 모든 무릎 관절염 환자에게 적용할 수 없다는 한계가 있다. 일반적으로 65세 이상 환자에게는 잘 시행하지 않고, 다리가 심하게 휘었거나, 뼈가 약하거나, 관절연골이 거의 남아 있지 않거나 염증반응이 심한 경우에도 무릎 교정 절골술을 시행하기 어렵다.

무릎 교정 절골술은 인공관절 수술을 하기 전에 환자에게 시행할 수 있는 최선의 치료법으로 평가받는다. 수술 후 평균 15년 정도 효과가 유지되기 때문에 관리를 아주 잘한다면 인공관절 수술이 필요하지 않거나 자기 무릎으로 살 수 있는 기간을 연장시킬 수 있다.

무릎 내측만 부분적으로 닳았을 때는 로봇 부분치환술도 고려할 만하다. 부분치환술은 자기 관절을 보존하기 때문에 많은 장점이 있지만 인대균형을 맞추기 어렵고, 고난도의 숙련도를 요해 보편적으로 시행하지 않고 있는데 로봇시스템을 활용하면 보완 가능하다.

4기는 연골이 거의 닳아 울퉁불퉁하게 자란 두 뼈가 거의 맞닿은 상태다. 이 정도가 되면 염증도 심하고, 그 염증으로 인해 염증액이 다량 분비되어 무릎이 퉁퉁 붓기도 하며, 조금만 움직여도 견딜 수 없을 만큼 통증도 심하다. 또한 움직일 때는 물론이고 가만히 있어도 아프고, 통증 때문에 밤에 잠도 잘 이룰 수가 없다.

이쯤 되면 약물치료는 물론 내시경 수술로도 호전되기 어렵다. 인공관절 수술을 하는 것이 최선이다. 하지만 4기라도 통증이 극심하지 않고, 약물치료나 내시경 수술로 증상이 호전될 수 있다고 판단되면 인공관절 수술을 미루는 것도 나쁘지 않다. 물론 더 이상 수술을 미뤄서는 안 되는 골든타임 내에서 말이다.

친구 따라 강남 가서는 안 된다

✦

인공관절 수술 후 좋아진 친구를 보고 내원한 홍순자 할머니의 경우 검사를 해보니 당장 인공관절 수술을 하지 않아도 괜찮은 상태였다. 인공관절 수술을 하고 친구처럼 똑바로 펴진 두 다리로 신나게 다닐 기대에 부풀었던 할머니는 크게 실망한 눈치였다.

"아니, 왜 저는 수술을 안 해주세요? 친구나 나나 증상이 거의 똑같았는데?"

"환자 분은 연골이 많이 울퉁불퉁하기는 해도 연골이 또래 분들에 비해 많이 남아 있는 편이라 내시경으로 연골을 다듬어주면 훨씬 좋아지실 거예요."

영상 검사결과 사진을 보여드리며 충분히 설명하니 할머니는 수긍하셨다. 한편으론 또래에 비해 건강한 것 아니냐며 은근히 자랑스러워하시는 것도 같았다.

홍순자 할머니처럼 친구나 주변 사람들의 사례를 보고 똑같은 치료를 해달라고 하는 분들이 있다. 심정적으로 이해는 간다. 증상이 똑같았으니 같은 치료를 받으면 자신도 좋아질 것이라 믿는 것은 어찌.보면 당연하다.

하지만 모든 환자는 다 다르다. 병의 원인과 증상도 다르고 나이, 건강상태, 생활환경, 직업 등 환자 개인이 처한 상황도 제각각이다. 이런 환자들의 상황을 종합적으로 고려해 환자에게 맞는 최적의 치료법을 제시하는 것이 의사의 의무이기도 하다.

환자는 크게 수술을 꼭 해야 하는 환자, 수술하지 않아도 되는 환자, 지금 수술을 꼭 해야 하는 것은 아니지만 안심하고 있을 수는 없는 경계선에 있는 환자 세 부류다. 꼭 수술해야 하는 환자와 안 해도 되는 환자는 크게 고민할 것이 없다.

문제는 경계선상에 있는 환자다. 이 환자들은 선택지가 여러 개다. 수술을 할 수도 있고, 비수술적 치료를 할 수도 있는데, 의사의 성향에 따라 서로 다른 치료법을 제시하기도 하지만 가장 중요한 것은 환자의 조건이다.

60대 초반의 두 남자 환자가 있었다. 두 분 모두 관절 상태가 비슷한 경계선상에 있는 분들이었다. 이런 경우 나는 환자의 관절 상태뿐만 아니라 직업과 생활환경 등을 복합적으로 고려해 치료를 권한다.

한 분은 직업상 오래 일을 쉴 수 없는 분이었다. 인공관절 수술을 하고 완전한 보행이 가능하기까지는 두 달 정도가 걸리는데 그 시간을 빼기가 어려웠다. 또한 당장 인공관절 수술을 하지 않으면 안 되는 급한 상황도 아니어서 내시경으로 연골을 매끈하게 다듬는 시술을 권했다. 인공관절 수술에 비해 내시경 시술은 1~2주 안에 일상으로 복귀할 수 있기 때문이다.

다른 한 분은 정년퇴직을 하셔서 시간적 여유가 있는 분이었다. 역시 인공관절 수술이 아주 시급하지는 않았지만 환자가 수술을 원했다. 인공관절 수술은 최후의 보루가 되어야 하기 때문에 왜 수술을 원하는지 충분히 상담했다. 환자는 비수술적 치료를 받으면서 몇 년 더 자기 관절을 쓰는 것도 좋지만 좀 더 근본적인 치료를 하고 싶다고 했다. 시간이 있을 때 수술 받고, 재활운동도 열심히 해서 부인과 본격적으로 세계여행을 하며 제2의 삶을 즐기는 게 그분의 계획이었다. 수술을 받고 싶어하는 동기가 충분히 공감이 가서 인공관절 수술을 해드렸다.

이처럼 환자에 따라 가장 좋은 치료법은 다를 수 있다. 친구 따라 강남 갔다 연예인이 되거나 모델이 되기도 하지만 질병만큼은 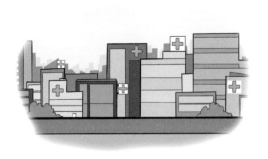 친구 따라 비슷한 치료를 받는 것이 위험할 수 있다. 나에게 맞는 치료법이 가장 좋은 치료법임을 기억해두었으면 좋겠다.

07

성공적인 수술은
재활로 완성된다

모든 병이 그렇지만 성공적으로 병을 치료하려면 의사와 환자가 함께 노력해야 한다. 인공관절 수술도 그렇다. 아무리 의사가 수술을 잘했다고 해도 환자가 수술 이후 재활운동을 열심히 하지 않으면 좋은 결과를 얻지 못할 수도 있다.

어렵게 수술을 했는데 잘 걷지를 못하면 그것만큼 속상한 일이 없다. 환자도 속상하겠지만 의사도 속이 타기는 마찬가지다. 그래서 수술 후 환자들에게 '재활운동 열심히 하셔야 한다'는 말을 귀에 못이 박히도록 하지만 소홀히 하는 분들이 간혹 계신다.

실제로 아주 드물게 수술 후 상태가 더 나빠진 분들도 있다. 수술이 잘못된 경우가 아예 없다고는 못 하지만 대부분 재활 등 다른 요인이 많다.

넘치는 효심에
뻗정다리가 된 할머니

✦

이복실(가명, 80대 초반) 할머니는 아주 오래전에 퇴행성 무릎 관절염으로 내게 인공관절 수술을 받은 어르신이다. 오랜 세월이 흘렀는데도 아직까지 할머니의 이름까지 또렷하게 기억하는 것은 워낙 소녀처럼 마음이 순수하고 정이 많은 분이었기 때문이다. 그분과 이야기를 나누다보면 저절로 기분이 좋아지고 마음이 따뜻해졌다.

할머니의 수술은 쉽지 않았다. 연세도 많고, 기저질환이 있었기 때문이다. 하지만 내과와의 협진을 통해 기저질환을 잘 관리해 수술은 성공적으로 끝났고, 재활치료만 잘 받는다면 좋은 치료결과를 기대할 수 있었다. 게다가 할머니와 자녀 분들이 의사 말을 잘 따르는 편이었기 때문에 치료 예후는 희망적이었다.

그런데 수술 후 3개월 뒤에 만난 할머니의 다리는 90도 정도밖에 구부러지지 않았다. 사실 무릎 관절이 90도 정도밖에 구부러지지 않는다고 해도 걷는 데는 크게 문제가 없다. 하지만 양반다리처럼 무릎을 많이 굽혀야 하는 자세는 취할 수 없기 때문에 환자 입장에서는 인공관절 수술을 하면 뻗정다리가 된다고 오해하기 쉽다.

인공관절 수술 후에는 관절이 뻣뻣하게 굳어 움직이기 어려워지는 자연 강직현상이 나타날 수 있다. 수술 후 재활운동을 통해 뻣뻣하게 굳은 다리를 잘 풀어주면 인체관절에 가깝게 무릎을 굽힐 수 있는데, 얘기를 들어보니 재활운동을 거의 하지 않으셨다.

늘 의사의 말을 잘 따르던 환자였던지라 좀처럼 이해가 가지 않아 자세한 내막을 알아보았다. 수술 후 뻣뻣하게 굳은 다리를 푸는 일은 그리 간단하지는 않다. 처음에는 무릎을 굽히려면 통증이 발생하기도 한다. 할머니도 재활운동을 해야 한다는 것은 알았지만 막상 하려고 하면 아프기도 하고 불편하기도 해서 엄두가 나지 않았다. 간병하는 자식들이라도 열심히 재활운동을 시켜드렸어야 하는데, 착하고 효심 강한 자식들은 아예 할머니가 손 하나 까딱하지 않아도 될 정도로 온갖 수발을 다 들어주었다. 자식들 입장에서는 그렇게 모시는 것이 효도라고 생각했을 것이다.

"어머님이 힘들어하셔도 재활운동을 시키셔야 해요. 그게 진짜 효도입니다."

할머니와 자녀 분들께 신신당부했다. 다행히 할머니는 이후 열심히 재활운동을 하셔서 완전히 잘 걸으실 수 있게 되었다.

노력한 만큼 무릎이 구부러진다

✦

의학기술이 발달하면서 인공관절의 소재도 점점 업그레이드되고 있다. 그렇다고 해도 인체관절과 똑같을 수는 없다.

내가 처음 인공관절 수술을 할 때만 해도 인공관절이 구부러지는 각도에 분명한 한계가 있었다. 그럼에도 최대한 인체관절에 가깝게 구부러지게 해 환자들의 만족도를 최대한 높여야 한다고 생각했다. 아마도 어떠한 경우에도 수술만 잘하는 것이 아니라 예후까지 좋게 해주는 의사가 이상적인 의사라 생각했기 때문이었던 것 같다. 그래서 환자들이 수술 후 다리가 잘 구부러지지 않는다고 하면 마치 내 책임인 것만 같아 괴로워하기도 했다.

지금은 다르다. 인공관절의 한계를 분명하게 설명하면서 재활운동의 중요성을 강조한다. 그래야 환자들이 인공관절이 인체관절과는 다르다는 것을 받아들이고, 보다 움직임을 자연스럽게 하기 위해 재활운동을 열심히 할 수 있기 때문이다.

재활운동은 수술 직후부터 약 3개월이 중요하다. 특히 수술 직후 약 2주간은 무릎 강직을 줄일 수 있는 골든타임이기 때문에 각별한 관리가 필요하다. 힘들더라도 이 시기에 다리를 잘 풀어주면 인공관절의 운동범위를 최대치로 끌어올릴 수 있다.

인공관절 수술 후 통증이 사라지면 치료가 다 끝났다고 생각하고 재활치료를 소홀히 하는 분들을 간혹 본다. 더구나 수술 직후에는 통증 때문에 재활운동을 더욱 꺼리게 된다. 하지만 엄밀히 말하면 수술은 끝이 아니라 시작이다.

아주 오래전 일이지만 한때 통증을 줄이기 위해 아예 관절 자체를 붙여 뻗정다리를 만드는 수술을 했던 적이 있다. 관절을 붙여 움직이지 않게 만들면 뼈끼리 부딪힐 염려가 없으니 통증이 줄어드는 효과를 기대할 수 있다는 생각에서였다.

실제로 이 수술은 통증을 완화하는 데는 도움이 되었다. 하지만 관절을 움직이지 못하니 뻗정다리가 되어 일상이 불편해졌고, 이로 인해 '수술하지 말고 버텨야 한다'는 인식이 팽배할 수밖에 없었다.

이 수술은 이미 역사의 뒤안길로 사라진 지 오래다. 지금은 이런 수술을 하지 않을뿐더러 인공관절 수술 후 뻗정다리가 되는 경우는 극히 드물다. 다만 '수술이 80%, 재활이 20%'라는 말이 있듯이 재활운동을 잘하려는 환자의 노력이 꼭 필요하다. 그러니 수술이 잘 끝났다고 안심하지 말고 이후 최소 3개월은 재활운동에 집중할 것을 권한다.

수술 성공 여부,
수술이 80% 재활이 20%

✦

수술 후 1~2일째부터 3주 정도 관절운동치료(CPM: Continuous Passive Motion)를 시행한다. 관절운동치료는 수술 후 스스로 운동을 하기가 어려운 환자에게 무릎 굴곡운동을 시작하게 해줌으로써 관절의 운동범위를 최대화시켜 회복효과를 높이는 재활운동이다. 수술 직후에는 수술 부위의 주변 조직이 경직되어 운동범위가 제한되는데 굴곡운동을 통해 무릎을 굽히는 각도를 점점 넓혀나가게 된다. 퇴원 후 집에서도 꾸준히 스트레칭을 해주는 것이 좋다. 다리에 힘을 기르거나 무릎을 굽히고 펴는 운동을 하는 것이 도움이 된다.

보통 관절염이 심하면 아파서 움직이기도 힘들거니와 가능한 한 움직이지 않는 것이 관절염에 도움이 된다고 생각하는 분들이 의외로 많다. 무릎 관절염이 무릎을 많이 써서 연골이 닳아 관절뼈까지 손상된 질병이다 보니 그렇게 생각할 수도 있다.

하지만 관절염이 있다고 너무 움직이지 않으면 오히려 관절 건강에 해롭다. 몸을 적당히 움직여야 관절을 지탱하는 인대와 근육이 튼튼해지고, 혈액순환이 원활해져 관절에 영양이 공급되고, 뼈와 뼈가 부딪히지 않도록 윤활작용을 하는 윤활액도 제 기능을 잘

발휘할 수 있기 때문이다. 또 규칙적인 운동은 체중관리에도 도움이 돼 무릎으로 가는 부담을 줄여줄 수 있다.

인공관절 수술을 했을 때도 마찬가지다. 인공관절 역시 소모품이기 때문에 꾸준한 관리가 필요하다. 꾸준한 운동으로 허벅지 근력을 키우고 체중을 관리해 무릎으로 가는 부담을 줄여야 한다. 계단을 내려오거나 산에서 내려올 때는 제중 부하가 커 계단운동이나 등산보다는 평지걷기를 추천한다. 무릎 부담이 적은 수영이나 고정식 자전거도 도움이 된다.

처음부터 너무 무리하지 말고 처음에는 10분 정도 했다가 익숙해지면 조금씩 늘려 하루 30분 정도는 매일 꾸준히 하는 것이 좋다. 또 운동하기 전에는 반드시 스트레칭으로 몸을 풀어준다. 가볍게 스트레칭을 해주면 심장과 폐의 움직임이 서서히 활발해지고, 근육 등이 이완되어 운동 중 갑작스럽게 발생할 수 있는 부상의 위험을 낮출 수 있다. 운동을 끝낸 직후에도 마찬가지다. 운동 전처럼 스트레칭을 해주면 몸에 쌓인 피로물질이 빨리 배출되고 관절건강에도 이롭다.

뭐든 과하면 독이 될 수 있다. 자신의 관절이 감당할 수 있는 선에서 안전하게, 꾸준히 운동하는 것만이 관절 건강을 오래 지킬 수 있는 지름길이다.

무릎 인공관절 수술 후 집에서 하면 좋은 운동

● 발끝 올렸다 내리기

무릎을 펴고 허벅지에 힘을 준 후 발목을 몸 쪽으로 당기고 10초간
정지, 발목을 바깥쪽으로 밀고 10초간 정지한다.

● 발목 당겨 위로 들어올리기

발목을 몸 쪽으로 당긴 후 바닥에서 한 뼘 정도 위로 들어 올린 후
10초간 정지한다. 반대쪽도 같은 방법으로 시행한다.

● 발목 수건 대고 양손으로 무릎 눌러주기

발목에 수건을 대고 양손으로 무릎을 눌러준다. 양쪽 무릎을 번갈
아가며 눌러준다.

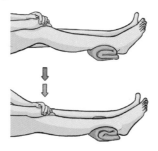

● 발바닥에 수건 걸고 잡아당기기

발목을 몸 쪽으로 당긴 후 바닥에서 한 뼘 정도 위로 들어 올린 후 수
건을 발바닥에 걸어 몸 쪽으로 끌어당기면서 무릎을 구부려준다.

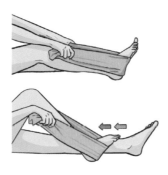

● 의자에 앉아 다리 X자로 만든 후 뒤로 밀어주기

의자에 앉아 다리를 X자로 엇갈려놓고 앞쪽 발목을 눌러 의자 뒤로 밀어준다.

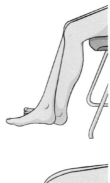

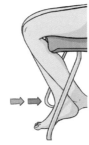

Chapter
3

확인되지 않은
정보로
관절이
더 아프다

01

줄기세포 치료만 하면
수술하지 않아도 된다고?

"선생님, 저 인공관절 수술 대신 줄기세포 치료를 받고 싶어요."

퇴행성관절염이 심해 인공관절 수술이 불가피한 강달금(가명, 70대 후반) 할머니가 수술 날짜까지 잡아놓고 느닷없이 줄기세포 이야기를 꺼냈다.

당혹스럽기 그지없었다. 할머니가 수술을 결심하기까지는 한 달여 이상의 시간이 걸렸다. 많은 분들이 그렇지만 할머니 역시 가능한 한 수술을 피하고 싶어 아파도 참고 버텼다. 그러나 통증이 더 심해져 움직일 때는 물론이고 가만히 있을 때도 무릎이 쑤시고 아파서 진통제를 먹지 않으면 견디기가 어려웠다. 그제야 할머니는 수술에 동의했다. 그랬던 할머니가 갑자기 수술 대신 줄기세포 치료를 받겠다고 하니 어안이 벙벙했다.

왜 그러시냐고 묻자 할머니는 난감한 듯 망설이다 어렵게 대답했다.

"사실은 손녀딸이 내가 하도 수술을 겁내니까 줄기세포 치료를 해보라고 하더라고요. 그거 하면 인공관절 수술 안 해도 된다고 하던데……."

가뜩이나 수술에 대한 걱정이 많았던 할머니에게 손녀의 말은 그야말로 귀가 솔깃한 제안이었을 것이다. 손녀 말대로 없어진 연골을 줄기세포로 재생할 수 있다면 얼마나 좋을까?

당시 환자의 복부나 엉덩이에서 채취한 지방에서 분리해낸 줄기세포를 이용해 수술 없이 관절염을 치료할 수 있다는 광고가 자주 나왔다. 언론에서도 줄기세포로 그동안 고칠 수 없었던 불치병을 치료할 수 있는 것처럼 호도하곤 했는데, 실상은 아니었다. 당시의 줄기세포 치료는 아직은 기초적인 수준으로 환자의 바람대로 연골을 재생하고, 원하는 치료효과를 얻으려면 더 많은 연구와 시간이 필요했다.

줄기세포의 실상을 차분히 설명했지만 할머니는 계속 줄기세포 치료를 받고 싶다고 고집을 부렸다. 결국 할머니는 줄기세포 치료를 해준다는 다른 병원을 찾아 떠나셨다.

줄기세포를 이용한 연골 재생, 어디까지 가능한가?

✦

강달금 할머니처럼 줄기세포 치료를 하면 인공관절 수술을 하지 않아도 된다고 아는 분들이 많다. 어찌 할머니를 탓할 수 있을까. 일부분을 전체인 것처럼 과장광고를 해 간절한 환자들의 마음을 현혹하는 것이 문제다.

줄기세포를 이용해 연골을 재생시키는 연구가 활발한 것은 사실이다. 무릎이 아픈 원인 중 상당부분은 연골이 찢어지거나 닳아 없어진 데 있으므로 연골 재생은 의사와 환자 모두가 소망하는 중요한 연구다. 다행히 좋은 성과가 있었고, 이미 의료현장에서 줄기세포를 이용한 연골 재생치료를 시행 중이다.

하지만 아직까지도 줄기세포를 이용한 연골 재생은 한계가 있다. 환자들이 기대하는 것처럼 닳아 없어진 연골을 완벽하게 재생하는 치료는 아직 갈 길이 멀다. 지금도 그러한데, 몇 년 전 할머니가 줄기세포 치료를 원했을 당시에는 더더욱 초보적인 수준이었다. 그럼에도 일부분의 치료효과를 근거없이 부풀려 광고를 하여 할머니 같은 환자 분들을 현혹했으니 안타까울 뿐이었다.

현재 줄기세포로 연골을 재생시킬 수 있는 방법은 크게 3가지이다.

첫 번째 방법은 배아 줄기세포를 이용한 치료다. 이 치료는 정자와 난자가 만나 수정된 지 4일째 되는 날 세포를 채취해 배양한 다음 연골이 손상된 부위에 이식하는 방법이다.

배아 줄기세포는 모든 조직의 세포로 분화할 수 있는 능력을 가지고 있을 뿐 아니라 이론적으로 무한대로 증식할 수 있어 가장 효과적인 줄기세포 치료법으로 알려져 있다. 실제로 부분적으로 효과가 있다고 전문가들이 평가하지만 윤리적인 문제가 있어 사용하지 않고 있다.

두 번째 방법은 태반 줄기세포를 이용한 치료법이다. 탯줄 혈관에서 세포를 채취해 치료하는 방식으로 이미 여러 분야에서 많은 의사들이 이 치료를 하고 있다.

탯줄에서 채취하는 세포는 성체 줄기세포다. 이 세포는 외부의 충격이나 노화 등으로 우리 몸의 세포가 손상되거나 사멸하면 이를 대신하는 새로운 세포를 공급하는 기능을 하는 세포로, 제대혈

(탯줄과 태반 속에 있는 혈액) 외에도 지방, 골수, 근육, 두뇌, 피부 등 우리 몸속 곳곳에 존재한다.

성체 줄기세포는 채취 부위에 따라 조혈모세포, 중간엽 줄기세포, 신경 줄기세포 등으로 나뉘는데, 이 중 줄기세포 치료제로 가장 활발하게 연구되고 있고, 재생의학 재료로 각광받고 있는 것이 중간엽 줄기세포다. 다른 성체 줄기세포에 비해 비교적 다양하게 분화하기 때문이다. 현재 제대혈에서 추출한 중간엽 줄기세포가 활발하게 이용되고 있는데, 제대혈에서 추출한 세포가 지방조직에서 추출한 세포보다 치료효과가 높은 것으로 알려져 있다.

중간엽 줄기세포 치료는 배아 줄기세포 치료보다 치료효과가 떨어진다. 배아 줄기세포보다 재생능력과 분화능력이 떨어지기 때문이다. 그러나 산모가 아기를 분만할 때 분리되는 탯줄과 태반, 이미 성장한 인체 조직에서 세포를 추출하기 때문에 윤리적인 논란을 피해 갈 수 있어 연구와 치료가 활발하게 이루어지고 있다.

한때 한국에서 유명한 외국인 축구감독이 이 치료를 받고 좋아졌다고 해 주목을 받았지만 이 치료법 역시 인공관절 수술을 대체할 만큼 효과적이라 말할 수는 없다. 비록 외국인 축구감독에게는 효과적이었다 해도 모든 사람에게 효과가 있다고 검증된 것도 아니고, 무엇보다 근본적인 치료가 되기는 어렵기 때문이다.

예를 들어 무릎 관절이 닳아 다리가 휜 사람의 경우 인공관절 수술을 하면 다리가 곧아질 수 있지만 줄기세포 치료는 연골을 부분적으로 재생시켰어도 시간이 지나면 다시 연골이 닳아 다리가 또 휜다.

연골이 재생되어도 휜 다리를 똑바로 펼 수 없다면 관절염 치료가 살되었다고 보기 어렵다. 현재로선 휜 다리를 교정하려면 뼈를 잘라 똑바로 맞추는 교정술을 먼저 해야 한다. 줄기세포 치료는 휜 다리 교정과 같이 해야 효과가 크다. 그런데도 근본적인 치료는 언급하지 않고 마치 줄기세포가 메인 치료인 것처럼 홍보하는 병원들이 있어 안타깝다.

마지막 세 번째 방법은 지방 자가 줄기세포를 이용한 치료법이다. 줄기세포는 크게 '자가 줄기세포'와 '타가 줄기세포'로 구분된다. 말 그대로 자신의 골수나 지방에서 채취한 줄기세포를 '자가 줄기세포', 타인의 제대혈에서 분리한 줄기세포를 '타가 줄기세포'라 한다.

지방 자가 줄기세포 치료는 자신의 엉덩이나 배에서 지방을 채취해 줄기세포를 추출한 다음 연골이 없는 부위에 주입하는 방법이다. 줄기세포를 추출해 배양을 많이 하지 않으면 효과가 낮다는 게 전문가들의 평가인데, 우리나라에서는 사람의 몸 조직을 배양하는 게 법으로 금지되어 있다. 그래서 일본에서 주로 배양해 오는데, 효과가 관절염 정도에 따라 차이는 있으나 10% 내외 수준이다.

줄기세포 치료,
누구에게나 만능은 아니다

✦

줄기세포 치료는 아직까지 갈 길이 멀다. 많은 분들이 줄기세포 치료에 관심을 갖지만 정작 이 치료로 효과를 기대할 수 있는 경우는 제한적이다. 일반적으로 줄기세포 치료는 '연골 손실의 정도와 환자의 나이'에 따라 연골 재생 및 관절 기능 회복속도가 분명한 차이를 보인다. 지금까지의 보고에 의하면 연골 재생능력이 뛰어난 손상 초기이거나 55세 이전 환자들의 경우 줄기세포 치료로 좋은 결과를 기대할 수 있다. 반면, 연골이 다 닳고 뼈와 뼈가 맞닿아 있는 퇴행성관절염 말기 환자일 경우 효과가 미미하고 일시적이어서 권하지 않는다.

그럼에도 줄기세포 치료로 닳아 없어진 연골을 재생할 수 있는 것처럼 홍보하는 경우가 있어 매우 유감스럽다. 물론 우리나라의 줄기세포 치료기술은 세계 최고 수준이다. 2005년 황우석 박사의 연구논문 조작 사건으로 줄기세포 연구가 주춤하기도 했지만 이후에도 이에 대한 연구가 계속 이루어져 최근에는 상용화한 제품도 여럿 나와 퇴행성관절염 환자, 조혈장애 환자 등에게 쓰이고 있다. 또한 많은 병원과 제약회사들이 줄기세포의 치료 및 치료제 개발에 힘을 쏟고 있어 앞으로 더 많은 질환치료에 적용될 것으로 예상된다.

의사로서 계속 진화할 줄기세포 치료법에 대한 기대가 아주 크다. 하루라도 빨리 줄기세포 치료법이 발전해 모든 진행단계의 관절염을 치료할 수 있는 날이 오길 간절히 바란다. 줄기세포 치료가 상용화되면 관절염 환자들이 선택할 수 있는 치료의 옵션이 하나 더 생기는 것이니 모든 의사들이 바라는 바일 것이다.

〈감기〉라는 영화를 본 적이 있다. 코로나와 비슷한 상황인데, 그때는 그런 끔찍한 일이 실제로 일어날 줄 몰랐다. 코로나 팬데믹이 3년 가까이 지속되는데도 '완벽한' 백신과 치료제를 개발하지 못한 현실과는 달리 영화에서는 극적으로 치료제를 개발해 많은 사람을 살린다. 영화니까 가능한 일이라 생각할 수도 있지만 공상과학 영화에서나 볼 수 있을 법한 일들이 오늘날 현실이 되는 경우는 꽤 많다. 영화와 드라마 작가나 연출가의 무한한 상상력이 오늘의 실상이 되는 것을 보면 참으로 놀라울 따름이다.

줄기세포 치료도 마찬가지일 것이다. 비록 지금은 초보적인 수준이지만 언젠가는 닳아 없어진 연골을 완벽하게 재생할 수 있는 날이 올 것이라 믿는다. 그때까지는 환자들이 줄기세포 치료의 현주소를 정확하게 알고, 과장광고에 현혹되지 않기를 바랄 뿐이다.

02

옥자 할머니의
위험천만한 주사 사랑

팔순이 넘은 이옥자(가명, 80대 초반) 할머니를 우리 병원에 모시고 온 것은 외동딸 명지 씨였다. 결혼해서 서울에 사는 명지 씨는 10여 년 전부터 어머니를 뵈러 자주 남해 섬마을에 내려갔다. 아버지가 지병으로 세상을 떠나시고 혼자 계시는 어머니가 늘 마음에 걸렸기 때문이다. 서울에서 남해까지 결코 짧지 않은 거리였지만 혼자 외롭게 계실 어머니를 생각하면 그 길이 멀게 느껴지지 않았다.

그런데 갑자기 남편이 교통사고로 입원하는 바람에 명지 씨는 한동안 어머니를 찾지 못했다. 어쩔 수 없는 상황이었지만 죄송하고 걱정스러운 마음에 명지 씨는 매일 어머니에게 안부전화를 드렸다. 그때마다 어머니는 늘 괜찮다며 오히려 남편을 홀로 간호하는 명지 씨를 안쓰러워했다.

몇 달 후 다행히 남편은 몸이 잘 회복되어 퇴원했다. 얼마 뒤 마침 4일간 연휴라 겸사겸사 가족들과 함께 어머니 집을 찾았다. 그런데 어머니의 모습을 보고 명지 씨는 큰 충격을 받았다.

"집에 와서 보니까 어머니가 얼마나 다리가 아픈지 잘 걷지도 못하시더라고요."

그길로 명지 씨는 어머니를 모시고 서울로 올라왔다. 검사를 해보니 할머니의 무릎 관절은 연골이 많이 손상되고 염증이 심했다. 이 정도가 되면 움직일 때마다 통증이 심해 걷기도 어려웠을 텐데 어떻게 참고 계셨는지 궁금했다.

"읍내 병원에 가면 뼈주사라는 게 있는데, 신기하게 그 주사를 맞으면 아픈 게 싹 사라져……. 그 주사 덕분에 지금껏 버틸 수 있었지."

"아, 그러셨군요. 주사 자주 맞으셨어요?"

"읍내에 나갈 때마다 맞았지."

할머니가 사는 섬마을은 변변한 약국 하나 없는 오지 중에 오지였다. 배가 없으면 옴짝달싹할 수 없어 병원 진료 한 번, 뽀글뽀글

파마 한 번 쉽지 않은 곳이었다. 그래서 할머니는 읍내에 5일장이 서는 날이면 어김없이 동네 사람들과 배를 타고 읍내에 나가 장 구경도 하고 미장원에도 가고 병원에도 갔다. 5일장이 설 때마다 주사를 맞은 것은 아니지만 최소한 한 달에 한 번은 맞으셨다고 했다.

순간 아찔했다. 뼈주사가 통증을 드라마틱하게 완화시켜주기는 하지만 너무 자주 맞으면 위험하다. 그런데 할머니는 뼈주사를 너무 자주 맞으셨다. 운 좋게 큰 부작용은 겪지 않으신 것 같았지만 지금처럼 계속 뼈주사를 맞으시면 큰일이 날 수도 있었기에 가슴을 쓸어내려야 했다.

뼈주사의 성분은 스테로이드

진료를 하다보면 이옥자 할머니처럼 뼈주사를 놔달라는 분들을 만난다. 뼈주사는 비용이 그리 비싸지 않고, 단시간에 통증을 완화시켜주기 때문에 한 번 뼈주사를 맞아본 분들은 그 유혹에서 벗어나기 어렵다.

하지만 뼈주사는 성분이 스테로이드이기 때문에 조심해야 한다. 스테로이드는 원래 류머티즘 관절염 치료제로 개발되었다. 류머티즘 관절염은 관절이 붓고 열감이 나고 심하면 손가락이 휘는 등 관절이 변형되는 병인데, 스테로이드를 쓰면 극적으로 좋아진다. 이후 류머티즘 관절염 외의 여러 병에서 스테로이드가 효과가 있다는 것이 입증되면서 지금은 많은 분야에서 광범위하게 사용하고 있다.

스테로이드의 효과는 참으로 드라마틱하다. 효과도 빨리 나타나고, 증상을 완화시키는 데도 탁월하다. 심지어는 밥맛도 좋아지고 소화가 잘 안 돼 잘 먹지 않던 사람도 밥을 잘 먹고, 피부가 좋아지기도 한다.

퇴행성관절염의 경우도 통증을 빨리 완화시켜주는 효과가 정말 탁월하다. 그렇다보니 뼈주사가 마치 퇴행성관절염을 치료해주는 걸로 아는 분들이 많은데 그렇지 않다. 뼈주사는 통증을 완화해주는 것일 뿐, 관절이 더 손상되는 것을 막아주거나 이미 닳아 없어진 연골을 재생시키지는 못한다.

오히려 반복적으로 주사를 맞을 경우 통증 완화가 지속되는 시간이 점점 줄어든다. 처음에는 한 번 맞으면 몇 달은 괜찮은데, 장기간 계속 맞으면 이옥자 할머니처럼 2주만 지나도 다시 통증이 발생한다. 그런데도 무릎이 안 아프니 관절염이 낫는 것으로 착각해 치료시기를 놓치는 분들이 많다.

무엇보다 부작용이 심하다. 장기간 반복적으로 뼈주사를 맞으면 면역력이 약해져 쉽게 감염될 수 있다. 관절이 심하게 붓거나 뼈가 약해져 골다공증이 발생할 위험도 높아진다. 또한 정상적인 조직에 변형이 생겨 연골이나 인대조직이 딱딱하게 변하거나 하얀 가루 같은 것이 조직에 침착될 수 있다. 당뇨가 있으면 더 심해지기도 한다.

하지만 부작용 때문에 뼈주사를 무조건 피할 필요는 없다. 스테로이드는 의사의 처방에 따라 적절하게, 단기간 사용하면 그 어떤 약보다도 효과적인 명약이 될 수 있다. 관절에 물이 너무 자주, 심하게 차거나 염증이 심해 밤에 잠을 이루지 못할 정도의 통증에 시달릴 때 뼈주사는 매우 효과적이다. 과도하게 사용하는 것이 문제이지, 뼈주사 자체가 무조건 해로운 것은 아니다. 일반적으로 1년에 3~4회 정도는 맞아도 괜찮다.

좀 더 안전하지만 극적 효과는 떨어지는 연골 주사

◆

뼈주사와 함께 무릎이 아픈 분들이 많이 찾는 주사요법 중 하나가 연골주사다. 연골주사의 주성분은 관절연골과 관절액의 주요 구성성분 중 하나인 히알루론산으로, 히알루론산은 관절이 부드럽게 움직일 수 있도록 윤활작용을 한다. 그런데 히알루론산은 나이가 들면 자연스레 줄어들고, 관절염이 생기면 그 속도가 빨라져 연골과 관절액의 점성과 탄성도 빠르게 감소한다. 그렇게 되면 관절이 부드럽게 움직이지 못할 뿐 아니라 외부의 충격을 흡수하지 못해 뼈와 관절 주위 조직이 손상되어 통증이 발생한다. 이때 연골주사를 맞으면 히알루론산의 부족으로 나타나는 여러 증상이 개선된다.

간혹 연골주사와 뼈주사를 혼동하는 사람들이 있는데, 엄연히 다르다. 효과는 뛰어나지만 부작용이 나타날 수 있는 뼈주사와는 달리 연골주사는 비교적 안전한 편이다. 관절에 필요한 히알루론산 성분을 보충해주는 주사라 부작용도 거의 없다. 다만 효과는 뼈주사만큼 드라마틱하지 않다. 통증이 서서히 줄어들기 때문에 극적인 효과를 기대한 분들은 실망할 수도 있다.

연골주사가 안전하기는 하지만 이 역시 통증을 줄이는 것이 주목적인 치료다. 물론 히알루론산을 수입해 어느 정도 관절과 연골을 보호하는 데 도움이 되기는 하지만 뼈주사와 마찬가지로 근본적으로 손상된 관절과 마모된 연골을 회복시켜주지는 못한다.

연골주사는 일반적으로 일주일 간격으로 3회를 맞는다. 3회를 맞으면 약 6개월에서 1년 정도 효과가 지속된다. 나이가 들수록 효과 지속시간이 짧아지기도 하는데, 너무 자주 맞지 말고 6개월에 한 번 맞는 것이 좋다. 참고로 6개월에 한 번씩 맞으면 건강보험 적용을 받을 수 있다.

프롤로 주사와 PRP 주사의 실체

뼈주사와 연골주사 외에도 관절염 환자들이 통증을 줄이기 위해 맞는 주사로 프롤로 주사와 PRP 주사가 있다. 그중 프롤로 주사는 한때 퇴행성관절염을 마치 한 방에 치료하는 것처럼 과장되게 알려지기도 했다. 일부 병원에서 프롤로 주사 홍보가 한창일 때 그 주사를 놓아달라는 환자들이 있었다.

"원장님, 지긋지긋한 관절염을 고칠 수 있는 주사가 있다는데 그거 한 방 놓아주세요."

"어떤 주사를 말씀하시는 건가요?"

"왜 그 프롤로인가 하는 주사 한 방 맞으면 관절염이 싹 낫는다면서요?"

"그래요? 어디서 들으신 거예요?"

"TV에서 광고하던데요? 원장님은 모르세요?"

주사 한 방으로 관절염을 고칠 수 있다는 얘기는 관절염으로 고생하는 분들이라면 누구나 귀가 번쩍 뜨일 말이다. 그도 그럴 것이 관절염 치료는 쉽지 않다. 약물치료와 물리치료를 받아도 잠시 안 아플 뿐, 시간이 지나면 또 아프니 한 방에 고칠 수 있다는 주사에 관심을 갖는 건 당연하다. 그런 주사가 있다면 비용이 얼마가 들어도 맞고 싶다는 환자들도 많다.

실제로 TV나 신문, 인터넷 등에서 이런 식으로 광고하는 경우는 흔하다. 심지어 마치 주사 치료가 만능인 것처럼 이야기하는 것을 본 적도 있다.

프롤로는 증식(proliferation)이란 단어에서 파생된 것이어서 '프롤로 치료'를 '증식요법'이라고도 말한다. 포도당 주사, 설탕 주사라고도 불린다. 한때 많이 시행했던 치료이고 지금도 예전만큼은 아니지만 여전히 사용되고 있다. 나도 간혹 필요한 경우 사용하는 치료이다.

프롤로 치료는 고농노의 포도낭을 관절의 아픈 부위에 주사하는 치료법이다. 고농도의 포도당이 주입되면 그 부위 인대나 근육이 염증반응을 일으키면서 단단해진다. 상처가 나면 아물면서 흉터가 생기는 것과 같다. 아픈 부위가 단단해지면 관절을 보호하고 덜 아프게 만든다는 원리인데, 치료 효과는 제한적이다. 프롤로 치료를 받고 나아진 환자도 일부 있지만 별 효과를 보지 못하는 환자들도 많다.

염증을 유발해 세포를 증식시키는 원리이기 때문에 처음에는 오히려 통증이 더 심해질 수도 있고, 관절염이 많이 진행된 경우에는 큰 효과가 없기도 하다. 또한 치료효과를 보려면 여러 차례 반복해서 시술을 받아야 하고, 그 효과가 서서히 나타나기 때문에 치료기간이 다소 긴 편이다. 게다가 비급여 치료이기 때문에 경제적인 부담도 상당하다.

PRP(platelet-rich plasma)라는 주사도 있다. 자가혈소판 풍부혈장 치료술 혹은 자가혈 치료술이라고도 불리는 이 치료는 환자의 혈액을 채취해 원심분리기에 돌려 혈소판과 적혈구를 분리해 관절강에 주사하는 치료법이다. 혈소판과 혈장에는 성장인자가 풍부해 손상된 관절 세포조직이 재생되는 것을 돕기 때문에 염증을 완화하는 데 효과가 있다.

하지만 PRP의 효과는 제한적이다. 최근 테니스 엘보나 골프 엘보로 인한 통증에는 효과가 있어 식품의약품안전처로부터 허가를 받았지만, 관절염의 경우 안전성과 효과가 입증되지 않아 법적으로 허용되지 않고 있다.

이처럼 주사요법은 대부분 관절염을 근본적으로 치료하기보다는 통증을 완화시키는 것이 목적이다. 그런데 마치 주사 한 방 맞으면 관절염을 고칠 수 있는 것처럼 홍보하는 경우가 많아 걱정스럽다.

통증완화 효과로만 국한시켜도 여전히 걱정은 남는다. 일반적으로 어떤 치료법이 좋은 치료법이 되려면 적어도 환자의 80% 이상에게 효과가 입증되어야 한다. 그런데 주사치료의 경우 일부 제한적인 효과를 부풀려 마치 모두가 낫는 것처럼 말하는 경우가 많아 우려스럽다.

물론 주사치료도 의사의 처방에 따라 내 관절상태에 맞는 치료

를 받으면 도움이 된다. 하지만 주사를 너무 맹신해 근본적인 치료
는 하지 않고 아플 때마다 주사를 맞다 보면 관절이 더 빨리 망가
질 수 있으므로 조심해야 한다.

나한테 꼭 맞는 인공관절을
만들어 준다고요?

'3D 맞춤형 인공관절 수술'.

최근 인터넷을 검색하다 보면 이런 문구가 종종 눈에 띈다. 환자 입장에서는 잘은 몰라도 뭔가 색다르고, 좀 더 개개인의 특성을 반영한 인공관절 수술인 것처럼 느껴질 것이다. 설명을 보면 나조차도 솔깃해진다.

'양복이나 한복을 내 몸에 맞춰 주문하듯이 맞춤형 인공관절로 환자 본인의 무릎 사이즈로 제작한 인공관절 수술.'

이쯤 되면 환자로선 내 무릎에 딱 맞는 인공관절을 새로 제작해 수술해주는 것으로 생각할 수밖에 없다. 우리 병원을 찾은 환자들 중에도 3D 인공관절 수술을 하고 싶다는 분들이 있다. 이왕 인공관절 수술을 해야 한다면 자신에게 딱 맞는 인공관절을 만들어 수술하면 당연히 더 좋지 않겠느냐는 것이다.

환자 개개인의 무릎에 딱 맞는 인공관절을 제작해 수술을 한다면 당연히 좋다. 하지만 아직 기술이 거기까지 미치지 못한다.

3D 프린팅으로 만드는 것은 인공관절이 아니다

✦

4차 산업혁명으로 대표되는 기술과 영역들이 빠르게 발전하면서 우리 삶에 큰 변화를 일으키고 있다. 인공지능을 탑재해 스스로 운전하는 무인자동차가 등장했고, 산업현장뿐 아니라 사람의 생명을 구하는 화재진압현장, 재난현장에서도 로봇이 사람을 대신해 다양한 일을 하고 있다. 인간의 고유 영역이라 여겨졌던 예술계에도 소프트웨어 기술을 이용한 창작활동이 시도되고 있다.

의료계도 예외는 아니다. 의료계에도 첨단기술이 도입되는 추세다. 그중 하나가 3D 프린팅 기술을 이용한 '3D 인공관절 수술'이다.

3D 프린팅 기술을 처음 접하고 많이 놀랐던 기억이 있다. 우리가 흔히 보는 프린터는 종이에 문자나 그림을 인쇄하는 기기다. 그런데 3D 프린터는 입체적인 실제 사물을 인쇄한다. 3D 프린터 안에는 잉크 대신 플라스틱, 금속, 나일론 등 입체 도형을 만들 수 있는 재료가 들어 있다. 이 재료들을 층층이 쌓아 3차원 사물을 만드는 것이 대부분의 3D 프린터에서 사용하는 방식이다.

이 3D 프린팅 기술을 인공관절 수술에 접목한 것인데, 사람들의 기대처럼 인공관절 자체를 맞춤형으로 만드는 것은 아니다. 과거 한때 3D 프린터로 인공관절을 만들어 본 적이 있긴 하지만 비용이나 부작용 문제 등으로 더 이상 진척이 되진 않았다.

인공관절 수술 시에는 수술의 정확도를 높이기 위해 다리 정렬과 관절 간격 등을 맞추는 것이 중요하다. 허벅지 뼈에 길게 구멍을 내고 절삭기구를 삽입해 이를 파악하는데 이 기구를 3D 프린터로 만들어내는 것이다. 사실 최근에는 로봇시스템이 접목돼 이러한 과정도 불필요하게 됐다. 하지만 진료를 보다 보면 마치 3D 프린터로 본인에게 꼭 맞는 인공관절 모형을 만들어 수술하는 것처럼 오해하는 환자들을 자주 접하는데 인공관절은 미리 제작되어 있는 사이즈 중 환자에게 가장 적당한 관절을 선택해 삽입하게 된다.

따라서 뼈를 절삭하는 기구를 3D 프린터로 사전 제작해 이를 설계도 삼아 수술 시 제거가 필요한 부위를 깎아내고 인공관절을 삽입하는 수술이라고 하는 것이 정확한 표현이다. 고객에게 딱 맞는 맞춤옷을 제작하는 것이 아니라 옷가게에서 고객의 신체 사이즈를 줄자로 측정한 뒤 가장 맞는 사이즈의 기성복을 선택하는 것이다. 이처럼 3D 프린터로 만드는 것은 인공관절 자체가 아니라 인공관절 수술을 돕는 수술기구임에도 마치 환자 몸에 꼭 맞는 맞춤형 인공관절을 제작하는 것처럼 표현하는 경우가 있어 걱정스럽다.

3D 인공관절 수술도 기존 인공관절 사용

✦

그렇다면 3D 인공관절 수술에서는 어떤 인공관절을 사용할까? 당연히 기존의 인공관절을 이용한다. 3D 프린팅 기술이 아무리 발달했다 해도 상당히 정교하고 내구성이 강해야 하는 인공관절을 만들기에는 역부족이다. 초창기보다는 많이 나아졌지만 아직도 3D 프린터로 만든 사물을 자세히 들여다보면 겹겹이 쌓이는 층이 매끄럽지 않은 경우도 많다.

인공관절을 만들 때 사용하는 재료는 금속합금, 폴리에틸렌, 세라믹 등 신체 내에서 거부반응이 없는 생체재료를 많이 사용한다. 이 중 가장 많이 쓰는 재료가 금속합금인데, 최근에는 금속합금보다 내구성이 더 강한 세라믹을 코팅한 인공관절이 등장했다.

현재로선 인공관절을 만드는 재료를 3D 프린터에 사용할 수 없다. 물론 3D 프린팅 기술이 더 발전하면 언젠가는 인공관절을 만들 수 있을지도 모른다. 하지만 지금은 아니다. 지금은 기존의 인공관절을 사용할 수밖에 없는 상황이니 더 이상 과장된 정보에 현혹되는 일이 없길 바란다.

04

로봇 수술,
로봇 혼자 하는 수술이 아니다

인공관절 수술은 날로 발전해 지금은 고령의 환자들도 안심하고 수술을 받을 수 있다. 그럼에도 여전히 수술에 대한 두려움으로 인공관절 수술이 필요한데도 차일피일 미루는 환자들이 많다. 이런 분들에게 나는 로봇 수술을 권하기도 한다. 일반 수술보다 더 정밀하고 정확한 수술이 가능해 연부조직 손상이 적어 회복도 빠르고 결과도 만족스럽기 때문이다.

그런데 로봇 수술을 권하면 의아한 표정으로 묻는 분들이 있다.

"원장님, 로봇이 수술을 한다고요? 저는 원장님한테 직접 수술

받고 싶지 로봇에게는 받고 싶지 않구면요."

　로봇으로 수술을 한다고 하니 의사는 빠지고 로봇이 알아서 수술을 한다고 생각했던 것 같다. 기술이 발달하면서 사람이 하던 많은 일들을 기계나 로봇이 대체하고 있다 보니 충분히 그렇게 생각할 수도 있다. 그래서 그런 분들에게 친절히 답해 드린다.

　"하하하, 아닙니다. 수술은 제가 합니다. 걱정 마세요."

어떻게 로봇이 수술에 참여할까?

로봇 인공관절 수술이 국내에서 지금처럼 보편화된 것은 불과 몇 년 안 된다. 그러다보니 로봇 인공관절 수술에 대한 정보가 많지 않아 궁금해하는 분들도 많고, 로봇이 혼자 수술하는 것으로 오해하는 분들도 있다.

　로봇 인공관절 수술 역시 여타 수술법과 마찬가지로 수술의 정확도를 높이기 위해 개발된 치료법이다. 환자에게 가장 적합한 인공관절을 선택해 주위 조직의 손상 없이 가능한 한 최소한으로 뼈를 절삭하고, 얼마나 정확한 위치에 인공관절을 삽입하느냐가 수술의 성공률을 높이고 인공관절의 수명을 높이는 핵심이기 때문이다.

로봇 인공관절 수술에서도 집도의는 사람이다. 로봇은 보조적인 역할을 할 뿐이다. 의사가 수술을 잘할 수 있도록 브리핑을 하면서 도와주는 소위 '수술 비서'라고 생각하면 좀 더 이해가 쉽다. 로봇 인공관절 수술을 하려면 우선 수술이 이루어지는 부위, 즉 인공관절이 들어갈 부위를 영상촬영을 해 3차원 입체영상으로 변환한다. 김퓨터 프로그램은 영상자료를 토대로 뼈의 절삭 범위, 삽입할 인공관절의 크기와 삽입 위치 등을 계산해내고, 가상 시뮬레이션 시스템으로 수술 결과를 미리 예측해볼 수도 있다.

수술실에서 집도의는 수술에 필요한 각종 수치들을 모니터로 확인하면서 실시간으로 환자의 다리를 움직이며 변화하는 축까지 고려해 다시 한 번 점검하고 수술을 시작한다. 집도의는 로봇 팔을 잡고 인공관절이 잘 들어갈 수 있도록 뼈를 절삭하는데, 이때 사전에 세운 절삭 범위에서 조금이라도 벗어나면 스스로 동작을 멈춘다.

이때 환자마다 관절염의 진행정도, 뼈의 단단함, 관절 모양이 제각각 다르므로 임상경험이 많고 숙련된 의사일수록 환자에게 가장 적합한 수술방법을 결정할 수 있다. 수술실에서 생길 수 있는 변수는 매우 다양하다. 따라서 로봇 인공관절 수술을 할 때도 임상경험이 많은 숙련된 의사가 필요함은 두말할 것도 없다.

로봇 인공관절 수술,
무엇이 더 좋을까?

✦

외과의사의 경우 수술 직후 성공 여부에 대한 감이 온다. 모든 의사들이 최선을 다해 치료하지만 의사도 인간이기에 실수할 때가 있다. 이때 로봇이 실수의 가능성을 조금이라도 줄여주는 역할을 하기 때문에 의사들의 수술 만족도가 높은 편이다.

무엇보다 중요한 것은 환자들의 만족도다. 다리 교정, 회복속도, 통증 등이 만족도를 결정짓는 주요 요인이다. 퇴행성관절염이 심해지면서 연골이 내측 혹은 외측으로 닳아 다리가 O자 혹은 X자로 휘어지기 쉽다. 다리가 휘어지면 퇴행성관절염은 더욱 심해지는 악순환이 반복된다. 퇴행성관절염과 휜 다리는 만나서는 안 될 악연인 셈이다. 따라서 인공관절 수술을 할 때 다리 정렬과 축을 바르게 교정하는 것이 매우 중요하다.

다리 정렬과 축이 바르지 않으면 인공관절의 마모 속도를 앞당겨 수명이 짧아지고 무릎 운동범위도 좁아져 관절기능을 정상에 가깝게 회복하기 어렵다. 이때 로봇을 활용하면 각도로는 0.5도, 길이로는 1mm 정도까지 교정할 수 있어 훨씬 더 정교한 수술이 가능하다.

2018년 국제 슬관절 저널에 실린 '로봇 인공관절 수술을 이용한 중증 기형 교정'이라는 논문에 따르면 무릎이 안쪽 또는 바깥쪽으로 변형된 환자 307명이 로봇 인공관절 수술을 받은 후 다리 축이 정상 범위로 교정된 것으로 나타났다. 멀리 해외 논문까지 찾아볼 필요도 없다. 자체 관절의학연구소에서 2020년 5월부터 8월까지 로봇 인공관절 수술과 일반 인공관절 수술을 받은 환사 각각 200명씩 총 400명을 대상으로 수술 전후 다리의 교정 각도를 비교 분석해보니, 로봇 수술이 일반 수술보다 약 1.08도 더 바르게 교정된 것으로 나타났다.

출혈도 수술 후 회복속도나 통증, 부종, 부작용, 합병증에 영향을 주기 때문에 수술 시 출혈량을 줄이는 것도 매우 중요하다. 일반 인공관절 수술을 하려면 다리 축 정렬을 맞추는 기구를 삽입하기 위해 허벅지 뼈에 긴 구멍을 내야 한다. 이때 출혈이 불가피하다. 반면 로봇 수술은 센서로 다리 축을 계산하기 때문에 구멍을 뚫지 않아도 된다. 또 손상된 뼈만 정확하게 깎아 정상적인 뼈를 보존하는 것은 물론 주변 인대와 근육, 신경 손상이 적다. 환자에 따라서는 수혈을 아예 하지 않아도 되는 경우도 있다.

인공관절 수술은 끊임없이 진화한다

1938년 영국 런던의 미들섹스(Middlesex) 병원에서 필립 와일스 (Philip Wiles)가 스테인리스강으로 만든 비구부(골반에 움푹 파인 곳)와 대퇴부를 나사와 볼트로 고정하는 수술을 시작했다. 이 수술은 비록 결과는 좋지 않았지만 인공관절 이론의 원조가 되었다.

이후 인공관절 수술에 대한 다양한 시도가 계속되었다. 1950년대에는 인공관절을 골에 고정하여 수술하는 방법을 시도했는데, 인공관절이 골 안에 고정이 안 되어 대부분 실패로 끝났다.

1960년대에는 영국 정형외과 의사인 존 찬리(John Charnley) 경이 골 시멘트를 이용하여 인공관절을 견고하게 고정했다. 일단 인공관절이 잘 고정돼 당시 결과가 개선된 것으로 평가받았지만 수술 후 10년 이상 지나면 인공관절이 움직이고, 골 시멘트 주위에 심한 골 흡수가 나타나 뼈가 약해지는 부작용이 나타났다. 이를 '시멘트병'으로 부르기도 했다.

이러한 시행착오를 통해 골 시멘트를 사용하지 않은 인공관절 치환술에 관심을 갖고 꾸준히 연구한 결과 1970년대 후반부터 지금과 같은 인공관절 수술이 가능하게 되었다. 이후에도 인공관절 자체는 물론 인공관절을 삽입하는 방법도 많이 발전해 로봇 수술까지 나오게 된 것이다.

무릎에서 소리가 난다고
다 병은 아니다

오래전 20대 중반 환자가 무릎에서 소리가 난다며 내원했다. 그동안 소리 때문에 신경을 많이 썼던 모양이다. 이제는 작은 소리에도 예민해지고, 심지어는 환청이 들리는 것 같다고 했다. 진료실에서 간단한 검사로 소리가 나는지 살펴보았는데 소리가 안 나 약만 주고 돌려보낸 적이 있다.

얼마 지나지 않아 그 환자가 또 왔다. 이번에는 내 귀에도 '사각사각' 하는 소리가 분명하게 들렸다. 의심이 가는 병이 있어 확인하고자 MRI를 찍어봤는데, 아니나 다를까 뼛조각이 떨어져 있는 것이 보였다. '박리성 골연골염'이었다. 박리성 골연골염은 외상이나 혈액순환 장애로 연골과 연골 아래에 있는 뼈가 손상되는 병이다. 방치하면 연골이나 뼈가 부서져 조각이 관절 안에서 돌아다닌다. 환자의 경우 MRI상에서 연골과 연골 바로 밑의 뼈 끝부분이 새까맣게 나타났다. 뼈에 염증이 생겨 괴사된 것이다. 괴사된 뼈에서 떨어진 뼛조각이 무릎 안에 끼어 있어서 움직일 때마다 소리가 났던 것이다.

무시해도 되는 소리 vs 병적인 소리

✦

이 환자처럼 무릎에서 소리가 난다는 환자들이 많다. 관절에서 소리가 나면 신경이 쓰이고, 무슨 큰 병이 생긴 것은 아닌지 걱정하기 마련이다. 하지만 관절에서 소리가 난다 해도 다 병은 아니니 지레 겁먹을 필요는 없다.

관절에서 나는 소리는 다양하다. 앉았다 일어날 때 무릎에서 뚝뚝 소리가 나기도 하고, 손가락 마디에서도 뚝뚝 소리가 나기도 한다. 움직일 때 고관절에서도 소리가 난다.

하지만 통증이 없으면 소리가 나도 겁먹을 필요가 없다. 무릎의 경우 보통 인대나 힘줄이 관절을 스치면서 마찰을 일으켜 소리가 난다. 무릎이 아프지 않은 사람에게도 이런 소리는 날 수 있다. 무릎을 움직일 때 윤활액 내부의 기압이 변하면서 일시적으로 기포가 발생하게 되는데 그 기포가 터지면서 소리가 날 수도 있다. 이런 소리는 병적 질환이 아니므로 통증이 없다면 치료할 필요가 없다.

그런데 무릎에서 '덜거덕덜거덕' 소리가 나며 힘이 빠지고, 오그렸다 폈다 할 때 걸리는 느낌이 든다면 무릎의 반월상 연골이 찢어졌을 수 있다. 초승달 모양이어서 반월상 연골이라 불리는 이 연골은 쿠션 역할을 해 무릎에 실리는 체중을 덜어주고 무릎 밸런스를 유지해주는 기능을 한다.

무릎에서 '뿌드득뿌드득' 소리가 난다면 관절염을 의심해볼 수 있다. 무릎에 손을 댄 상태에서 다리를 앞뒤로 움직여보면 소리가 느껴진다. 이 소리는 뼈 연골이 닳아 울퉁불퉁해진 상태에서 움직일 때 뼈가 부딪히면서 나는 소리다.

눈을 밟을 때 혹은 백사장을 밟을 때처럼 '사각사각' 소리가 난다면 박리성 골연골염일 가능성이 크다. 오래전에 내원했던 환자도 '사각사각' 소리를 호소했었다.

무릎을 굽히거나 펼 때 걸리는 느낌이 들거나 '뚝' 소리가 난다면 추벽증후군일 가능성이 있다. 추벽은 무릎 안쪽에 있는 얇은 막이다. 우리가 엄마 뱃속에서 자라는 태아 기간 동안 무릎은 활막이라는 관절 내벽 조직에 의해 대략 3개의 공간으로 분리되어 있다가 개체 발생이 진행되면서 활막이 흡수되고 하나의 관절공간이 되는 과정을 거친다. 이때 활막이 불완전하게 혹은 부분적으로 흡수되어 얇은 막이 남아 있는 상태를 '추벽'이라 한다.

보통 이 추벽은 자라면서 관절이 발달하면 점차 줄어들어 성인이 되면 사라지기도 하지만 성인 3명 중 1명 정도는 추벽이 보일 정도로 흔하다. 남아 있더라도 큰 이상을 일으키지 않는데, 간혹 성인이 되어도 남아 있는 추벽이 여러 가지 원인에 의해 두꺼워지고 단단해질 수 있다.

이런 경우 소리가 날 수 있는데, 통증이 없다면 크게 신경 쓰지 않아도 된다. 하지만 통증이 있다면 초기에는 염증완화 주사, 스트레칭 등의 보존적 치료를 주로 하고, 증상이 심해지면 수술을 고려하기도 한다. 수술은 최소한의 절개를 하고 관절내시경을 통해 추벽을 제거해준다.

어떤 이유에서든 통증을 동반하는 소리는 모두 무시해서는 안 된다. 방치하면 관절이 더 망가져 결국 인공관절 수술을 해야 할 수도 있기 때문이다. 인공관절의 수명이 많이 개선되기는 했지만 자기 관절만큼 좋은 것은 없다. 미리 소리가 나는 원인을 정확하게 파악해 적절한 치료를 받아 가능한 한 오래 자기 관절을 유지하는 것이 현명하다.

소리가 나는 원인을 찾는 것이 중요

'사각사각' 소리가 나는 박리성 골연골염은 초기에는 뼛조각이 뼈에 붙어 있어 소리가 났다 안 났다 할 수 있다. 당시 환자는 확실히 소리를 느꼈지만 병원에서 진료를 할 때는 소리가 안 나서 박리성 골연골염을 의심하지 못했다.

물론 처음부터 MRI를 찍었으면 발견할 수 있었을 것이다. 하지만 소리가 난다고 바로 MRI 검사를 권하기는 쉽지 않다. 자칫 과잉 진료라는 오해를 받을 수 있기 때문이다.

뼈의 문제로 소리가 나는 것이라면 엑스레이만으로도 원인을 알 수 있을 것이다. 하지만 무릎에서 나는 소리는 뼈의 문제라기보다는 연골이나 추벽 등 뼈 이외의 조직에서 나는 경우가 많으므로 엑스레이만으로는 한계가 있다.

정확한 소리의 원인을 알려면 MRI 검사가 필요할 때가 많다.

추벽증후군의 경우 환자의 상태에 따라 초음파 검사나 관절내시경 검사를 해야 할 수도 있지만 대부분은 MRI 검사로 어느 정도 원인을 알 수 있다.

06

한 번 망가진 연골은
재생 불가능한가?

흔히 연골은 재생이 안 되는 소모품과 같다고 말한다. 실제로 오래 쓰면 연골이 닳아 다 없어져 통증이 심해지고, 결국은 인공관절 수술을 해야 하는 상황에 이른다. 환자들에게 연골이 빨리 닳지 않도록 아끼고 잘 관리해야 한다고 귀에 못이 박히도록 이야기하는 것도 이런 이유 때문이다.

하지만 정말 연골은 재생이 완전히 불가능한 것일까? 엄밀하게 말하면 완전히 재생이 불가능한 것은 아니다. 경우에 따라서는 부분적으로 재생이 가능하기도 하다. 다만 조건이 워낙 까다롭기도 하고, 재생이 제한적이어서 굉장히 어렵다.

피가 통하는 연골 일부는 재생 가능

✦

신체의 어느 부위든 재생이 가능하려면 피가 통해야 한다. 혈액을 통해 필요한 영양소를 공급받을 수 있어야 죽은 세포 대신 새로운 세포가 생기고 성장할 수 있기 때문이다.

물론 혈관이 있다고 다 재생이 가능한 것은 아니다. 심장에는 무수히 많은 혈관이 있지만 심장은 재생되지 않는다. 장기 중에서 재생이 가능한 신체기관은 간이다.

그렇다면 연골은 어떨까? 연골의 경우 복잡하다. 뼈에 붙어 있는 연골에는 혈관이 없지만 무릎 관절에 있는 반월상 연골의 경우에는 완전하지는 않지만 일부분에 혈관이 존재한다. 일반적으로 반월상 연골의 약 1/3 영역은 피가 통하고, 또 다른 약 1/3 영역은 일부만 피가 통하고, 나머지 1/3 영역은 혈관이 없어 피가 통하지 않는다. 이 중 전체든 부분적이든 혈관이 존재해 피가 통하는 부위는 손상이 되더라도 재생될 수 있다. 그러나 혈관이 없어 피가 통하지 않는 부위는 일단 손상되면 재생이 불가능하다.

그마나 다행인 것은 반월상 연골은 주로 혈관이 있는 부위부터 손상이 된다는 점이다. 따라서 혈관이 있는 부위가 손상됐을 때 초기에 정확하게 진단하고 치료하면 연골을 복구할 수 있다.

문제는 일반적으로 연골이 70% 정도 마모될 때까지 이렇다 할 통증을 느끼기 어렵다는 것이다. 실제로 내가 만난 많은 관절질환 환자들이 처음에는 피가 통하는 부위만 손상되었는데 이를 모르고 방치하다가 피가 통하지 않는 부위까지 연골이 망가진 후에야 이상을 느끼고 병원을 찾아오는 경우가 흔하다.

연골이 심하게 손상될 때까지 증상을 느끼지 못하는 이유는 연골에는 우리 몸에서 통증과 같은 자극을 전달하는 기능을 하는 '신경세포'가 존재하지 않기 때문이다. 결국 연골이 심하게 찢어지거나 다 닳아 뼈와 뼈가 부딪히기 전까지는 통증을 느끼지 못하기 때문에 연골 재생이 가능한 시점을 놓치기 쉽다.

게다가 신체의 모든 부위가 그렇듯 우리 몸의 재생력은 나이가 들수록 약해진다. 젊었을 때는 피가 통해 재생이 가능했던 부위도 나이가 들면 재생력이 떨어져 어려울 수 있다. 이처럼 연골 재생은 기본적으로 조건 자체가 까다롭고 쉽지 않아서 아예 재생이 불가능하다고 말해도 큰 무리가 없다.

07

갑자기 아픈
관절은 없다

"평상시에는 허리가 안 아팠는데 어제 넘어지면서 갑자기 아프기
시작했어요."

허리가 아파 내원한 어르신들 중에 이렇게 말씀하시는 분들이
많다. 허리통증은 모르고 살았는데 계단에서 넘어졌다거나 무거운
짐을 들다 삐끗한 이후 아프다는 얘기다. 젊은 분이라면 어느 날
갑자기 시작된 급성 허리통증일 수 있고, 보통 근육통인 경우가 많
다. 하지만 연세가 많은 어르신이라면 만성질환으로 보는 것이 맞
다. 실제로 정밀 검사를 해보면 어르신들의 경우 대부분 만성 척추

질환으로 진단된다.

"아니, 만성이라고요? 그렇다면 계속 쭉 아팠어야 하는 거 아니에요?"

어르신들에게 만성이라고 하면 대부분 반발한다. 하지만 연세가 많은 어르신들의 경우 허리디스크든, 척추관협착증이든, 압박골절이든 다 하루아침에 생긴 경우는 거의 없다고 봐도 무방하다.

김장하고부터 허리가 아파요

✦

꽤 오래전 일이다. 전라도 시골마을에 사는 최만옥(가명, 60대 초반, 주부) 씨가 남편과 함께 우리 병원을 찾아왔다. 먼 길을 마다하지 않고 우리 병원을 방문한 이유는 극심한 허리통증 때문이었다. 허리가 얼마나 아팠던지 전날 근처 병원에서 진통제를 맞고 밤새 끙끙거리다가 다음 날 새벽길을 달려 병원을 찾았다.

최만옥 씨의 허리에 범상치 않은 이상신호가 감지되기 시작한 것은 한 달 전 즈음 김장을 하면서 허리를 삐끗한 이후부터였다. 최만옥 씨가 사는 시골마을은 매년 동네 사람들이 마을회관에 모여 김장을 했는데, 최만옥 씨는 음식 솜씨가 남다르고 손도 야무지고 빨라서 동네 김장을 할 때 절대 빠져서는 안 될 핵심 멤버였다.

이번에도 최만옥 씨는 핵심 멤버답게 몸을 사리지 않고 김장을 했는데, 장시간 수돗가에 쪼그리고 앉아 배추를 절이고, 김칫소를 만드느라 오래 칼질을 하고, 대여섯 시간 김칫소를 넣느라 바닥에 앉아 있다 보니 손목, 목, 무릎, 허리 할 것 없이 욱신거리지 않은 곳이 없었다. 그러나 매년 김장을 할 때마다 있었던 일이라 대수롭지 않게 생각했다.

한 번에 많은 사람이 김치를 담그다 보니 수백 포기가 넘는 양의 김장이 수월하게 끝났다. 고되기는 했지만 담근 김치를 보니 어찌나 마음이 든든하고 뿌듯한지 김장을 하는 동안 쌓인 피로가 싹 가시는 듯했다. 김장 김치에 수육을 싸 먹으며 동네 사람들과 한바탕 수다를 떠니 이런 게 사는 낙이지 싶어 즐겁고 행복하기까지 했다.

그런데 김장을 마무리하는 과정에서 문제가 생겼다. 최만옥 씨가 무거운 김치통을 옮기다가 그만 허리를 삐끗한 것이다. 순간 허리가 어찌나 뜨끔하고 아프던지 입에서 절로 신음소리가 흘러나왔다. 이 모습에 동네 사람들은 크게 놀라 걱정했지만 괜스레 민망한 마음에 애써 괜찮다고 얼버무리며 김장을 끝내고 집으로 돌아왔다. 그러나 다음 날 아침, 최만옥 씨는 몸을 일으키기 어려울 정도로 극심한 허리통증에 시달려야 했다. 아무래도 전날 허리를 삐끗한 게 단단히 탈이 난 듯했다. 읍내 병원에서 약을 처방받아 복용해도 통증은 쉬 가라앉지 않았던 것이다.

검사 결과, 최만옥 씨의 허리는 척추뼈 사이의 디스크(추간판)가 심하게 터져 신경을 누르고 있는 상태였다. 당장 수술이 필요한 상황이었고, 극심한 통증 때문에 재고 따지고 할 여유가 없었던 최만옥 씨는 두말없이 수술에 동의했다.

수술은 잘 끝났다. 회진을 갔을 때 최만옥 씨가 물었다.

"원장님, 저는 급성으로 디스크가 터진 거죠? 김장하기 전에는 괜찮았었거든요."

여전히 최만옥 씨는 김장을 할 때 허리를 삐끗한 것이 사달이 되어 수술을 하게 된 거라 생각하고 있었다.

"아니에요. 이미 허리가 많이 약해져 있는 상태였어요. 정말 전에 허리가 한 번도 안 아프셨어요?"

"아프기는 아팠죠. 평소에도 무리하면 허리가 조금씩 욱신거리고 아프기는 했지만 좀 쉬면 좋아졌었는데, 그것도 문제가 되나요?"

"그런 지는 오래됐어요?"

"한 몇 년 된 것 같아요."

최만옥 씨가 대수롭지 않게 생각한 것뿐이지, 이미 몇 년 전부터 척추는 고장 나기 시작했던 것이다. 척추 관절뿐만 아니라 다른 관절들도 마찬가지다. 일반적으로 이전에는 멀쩡하다가 갑자기 아픈 관절은 없으며, 특히 50대 중반 이후의 나이에는 어느 날 갑자기 증세가 나타나 빠르게 진행되는 경우는 극히 드물다.

실제로 최만옥 씨의 척추는 검사해보니 척추 뼈와 뼈 사이에 자리해 외부의 물리적 충격을 완화시켜줘야 할 디스크(추간판)가 자리를 지키지 못하고 탈출해 신경을 누르고 있었다. 노화로 인해 디스크(추간판)의 탄성이 떨어져 눌려 찌그러져 있는 상태에서 갑자기 무거운 김치통을 드니 견디지 못하고 삐끗한 것이다.

이처럼 관절이 약해진 상태에서는 가벼운 외상이 계기가 되어 증상이 나타나거나 악화되는 경우가 많다. 가장 대표적인 퇴행성 척추질환인 척추관협착증 역시 아주 서서히 척추 신경관이 좁아지기 때문에 어느 날 갑자기 증상이 나타났더라도 만성적인 질환으로 분류하게 된다.

08

나이 들면 다
오다리가 된다고?

연세가 많으신 어르신, 특히 할머니들은 다리가 대부분 휘어 있다. 주로 무릎이 바깥쪽으로 O자 모양으로 휘어 오다리라고 부르기도 한다. 선천적으로 젊었을 때부터 오다리인 분들도 있지만 대부분은 나이가 들면서 오다리로 변하는 분들이 많다. 그분들은 '젊었을 때는 괜찮았는데 무릎이 자주 아프더니 언젠가부터 무릎이 오다리로 변했다'고 호소한다.

바닥에 앉아 양반다리를 하거나 쪼그려 앉아 일을 하는 좌식생활을 많이 하는 경우에는 무릎의 내측 연골이 많이 닳으면서 점점 무릎이 휘어져 오다리가 진행된다.

오다리는 일단 보기에도 좋지 않지만 그냥 두면 다리가 점점 더 휘어지고, 그로 인해 무릎 관절염이 빨리 진행될 수 있다. 적절한 시점에 치료를 해야 하는데, 어르신들 대부분 "이 나이에 무슨, 나이 들면 다 오다리가 되는 거지"라고 말씀하신다. 나이가 들면서 피부가 늙고 주름이 지듯이 다리도 나이 들면 자연스럽게 오다리가 되는 거라고 생각하시는 것이다.

하지만 오다리는 단순한 노화의 과정이 아니다. 치료가 필요한 질병이다.

오다리, 무릎 관절염의 신호일 수도

사실 다리 모양은 사람마다 얼굴이 다르듯이 약간씩 차이가 있다. 길이도 다르고, 뼈의 모양에 따라 곧은 정도도 다르다. 하지만 나이가 들면서 다리 모양이 변했다면 퇴행성관절염을 의심해보아야 한다. 물론 선천적으로 유전적, 인종적 차이에 의해 O자형으로 다리가 휠 수도 있지만 나이가 들면서 휘었다면 후천적인 원인에 의해 그렇게 되었을 가능성이 크다. 후천적 요인은 나이 외에도 직업, 생활습관, 질병 등이 있다.

O자형 휜 다리는 차렷 자세로 서 있을 때 두 발은 맞닿지만 무릎 사이가 벌어져 붙지 않거나 무릎 뼈가 앞이 아닌 안쪽을 향한 상태로 의학용어로는 '내반슬'이라고 한다. 이렇게 다리가 휘면 보기에도 좋지 않지만 대부분 연골이 닳거나 손상되는 등 퇴행성관절염이 진행되는 과정에서 다리가 휜 것이어서 소리와 통증을 동반한다. 결국 휜 다리는 자연스러운 노화의 현상이 아닌 무릎 관절염의 적신호이므로 적극적으로 치료하는 것이 바람직하다.

휜 다리를 방치하면 다리가 점점 더 O자 모양으로 휘고, 관절염도 더욱 악화되기 쉽다. 무릎 관절이 정상일 때는 체중의 무게와 압력이 고루 분산되지만 다리가 휘면 주로 무릎 내측으로만 체중이 실리면서 무릎 내측 부위의 연골 손상을 가속화시키기 때문이다.

O자형 휜 다리가 심해지면 걸음걸이도 부자연스러워질 수밖에 없다. 또한 무릎 내측 연골에만 체중이 실리면서 통증이 더 심해지고, 연골이 더 빨리 손상된다. 그만큼 관절염도 심해져 계속 방치하면 말기 관절염으로 진행되기 쉬워 주의가 필요하다.

그렇다면 언제 적절한 치료를 받는 것이 좋을까? 중요한 기준은 '오다리가 5도 이상인지, 3개월 이상 충분히 치료를 해보았는지'이다.

먼저, 오다리가 5도 이상인지는 집에서 정확하게 측정하기가 어려우므로 병원을 찾아서 검사하는 것이 좋다. 하지만 아쉬운 대로 집에서 자가 측정해 볼 수 있는 방법이 있다. 무릎을 쭉 펴서 양측 무릎 사이에 손가락을 넣어보는 것이다. 손가락이 하나 정도 들어가는지, 두세 개가 들어가는지 아니면 주먹이 들어갈 정도인지 알아보고 손가락이 많이 들어갈수록 관절염이 심한 것이니 빨리 병원을 찾는 것이 좋다.

3개월 이상 충분히 치료해보았는지를 체크하는 이유는 통증이 오다리 때문이 아니라 내측 관절염이 진행되면서 나타나는 것일 수도 있기 때문이다. 이런 경우 적절한 치료를 하면 통증이 가라앉는다. 다만 관절염이 있다면 통증이 잠시 완화되더라도 앞으로 나이가 들며 관절염이 점점 더 진행되면서 다시 통증이 생길 수 있다.

오다리로 내측 관절염이 있으면서 3개월 이상 아프다면 그냥 방치해서는 안 된다. 많은 분들이 아파도 '이번에도 시간이 지나면 다시 나아지겠지' 하고 약만 먹고 버틴다. 그렇게 적절한 시기에 교정을 하지 않으면 뼈를 둘러싸고 있는 연골이 다 닳아서 이른 시기에 인공관절 수술을 받아야 할 수도 있다.

오다리, 조기에 치료할수록 좋다

✦

다리가 휘었어도 조기에 적절한 치료를 하면 호전될 수 있다. O자형 휜 다리는 무릎 사이의 벌어진 간격을 기준으로 2.5cm 이하면 1등급, 2.5~5.0cm이면 2등급, 5.0~7.5cm이면 3등급, 7.5cm 이상이면 4등급으로 구분한다. 1~2등급의 경우 관리로 교정 가능하다고 보지만 3~4등급일 경우에는 수술이 필요할 수도 있다.

휜 다리를 교정하는 수술은 '근위경골절골술'이다. 이는 종아리 안쪽 뼈(피질골)와 구조물을 인위적으로 절골하여 무릎 관절 안쪽에 쏠리는 체중의 부하를 외측으로 분산시켜 통증을 감소시켜주는 교정술이다. 보통 수술 후 5~7일 정도 입원하며, 대부분 1주일 이내에 보조기를 착용한 상태에서 걸을 수 있다. 무엇보다 자기 관절을 보존할 수 있어 수술 후 일정 시간이 지나면 운동이나 일상생활이 가능하고, 다리도 일자로 바르게 펴지기 때문에 환자들의 만족도가 크다. 65세 미만의 비교적 젊고 활동성이 높은 환자에게 수술을 시행할 수 있다.

O다리로 휘지 않도록 하려면 평소 바른 생활습관을 갖는 것이 중요하다. 의자에 앉을 때 다리를 꼬지 않고, 보행할 때 어깨와 허리를 반듯하게 하며, 팔자걸음을 하지 않도록 한다. 양반다리와

좌식생활은 무릎 안쪽에 하중이 많이 가게 하기 때문에 삼가는 것이 좋다. 틈틈이 스트레칭으로 몸의 유연성을 길러주고, 바로 선자세에서 발목을 붙이고 무릎이 서로 닿도록 힘을 준 상태를 5초간 유지하는 운동을 자주 하는 것이 도움이 된다. 또한 평소 걷기나 고정식 자전거 타기, 수영 등 무릎에 부담을 주지 않으면서 근력을 높일 수 있는 운동을 통해 무릎 주위 근력을 강화시킬 수 있는 운동을 꾸준히 하는 것이 좋다.

09

전신 마취보다
부분 마취가 안전하다?

80대 초반 고령의 환자가 인공관절 수술을 받기 위해 딸과 함께 내원했다. 연세가 많기는 했지만 지병도 없고 건강상태가 양호해 인공관절 수술을 받는 데는 큰 무리가 없는 분이었다. 하지만 딸은 걱정이 많았다. 어르신이 힘든 수술을 감당할 수 있을까도 걱정이었지만 가장 큰 걱정은 마취였다.

"원장님, 연세가 많으신 분들은 전신 마취하면 깨어나지 못할 수도 있다는데, 괜찮을까요? 요즘에는 부분 마취가 안전해서 많이 한다는데, 부분 마취하고 수술할 수 있을까요?"

많은 분들이 비슷한 질문을 한다. 선호하는 마취 방식도 다르다. 전신 마취는 무섭다며 부분 마취를 원하는 분들이 있는가 하면 '부분 마취하면 소리가 다 들려 무서울 것 같다'며 전신 마취를 해달라는 분들도 있다. 큰 문제가 없다면 환자가 원하는 방식으로 마취를 하는 것도 괜찮다.

하지만 보통 수술할 때 전신 마취를 할 것인지 부분 마취를 할 것인지는 환자의 건강상태와 수술 방법에 따라 달라진다. 따라서 일방적으로 부분 마취가 전신 마취보다 반드시 좋다고 말하기는 어렵지만 부분 마취가 전신 마취보다 대부분 안전하기는 하다. 적절한 마취 방법이 무엇인지를 알기 위해서는 전신 마취와 부분 마취의 차이부터 아는 것이 중요하다.

전신 마취 vs 부분 마취

불과 10여 년 전만 해도 수술을 할 때 대부분 전신 마취를 했다. 10여 분 만에 끝나는 아주 작은 수술을 할 때는 수술 부위에 직접 마취주사를 놓아 국소 마취를 하는 것이 전부였다.

지금은 상황이 다르다. 의학이 발달하면서 수술부위에 해당하는 신경의 주행경로를 따라 마취를 시행하는 상완 신경총 마취(상지)나 척추 마취(하지)가 본격적으로 시행되기 시작했다. 전신 마취를 하지 않고 부분 마취만 하고서도 안전하게 수술할 수 있는 시대가 된 것이다.

그렇다면 전신 마취와 부분 마취는 어떻게 다를까? 우선 전신 마취는 마취를 시키는 속도가 빠르고 말 그대로 온몸은 물론 의식까지 완전히 재우기 때문에 수술하기 편하다는 장점이 있다. 또한 혈압, 맥박 등의 생체리듬을 의사의 요구에 맞게 쉽게 컨트롤할 수 있기 때문에 문제가 발생했을 때 해결하기 쉬우며, 수술 중 혈압을 낮게 유지할 수 있어 관절내시경 등을 시행할 때 수술시야를 좋게 유지할 수 있다. 하지만 마취로부터 회복하는 데 시간이 오래 걸리고 마취가 깬 직후에 바로 심한 통증이 따른다. 또한 기관 내 삽관 등을 하기 때문에 수술 후 기도 주변의 통증 등이 동반될 수 있다.

부분 마취는 보통 수술 부위 주변의 감각과 운동 신경을 마취시켜 '신경차단마취'라고 부른다. 부분 마취는 신체 일부만 마취시키므로 전신 마취보다 몸에 부담이 적고 행여 깨어나지 못할까 걱정할 필요가 없다. 또한 마취 상태가 장시간 유지돼 수술 이후에도 통증이 없는 상태로 유지할 수 있다. 부분 마취와 국소 마취를 혼동하는 경우가 있는데, 국소 마취는 병변에 국소 마취제를 직접 주사한 다음 피부를 절개하는 것을 말하다.

의사 입장에서는 부분 마취보다 전신 마취가 편하다. 부분 마취를 하면 수술 중에 환자가 움직일 수도 있고 혈압을 아주 낮은 수준으로 유지할 수 없어 수술을 많이 해본 전문의가 아니라면 충분히 당황할 만한 상황이 종종 생긴다.

반면 환자 입장에서 보면 전신 마취보다는 부분 마취가 더 좋다. 어쩔 수 없이 전신 마취가 필요한 것이 아니라면 수면상황에서 환자가 깨지 않게 마취 강도를 조절할 수 있으므로 소리가 들리거나 무서울까 걱정할 필요도 없으며 위험 부담을 안고 전신 마취를 할 이유가 전혀 없다.

무엇보다 부분 마취가 가능해지면서 예전에는 수술이 불가능했던 분들도 수술할 수 있는 길이 열렸다. 나이가 많거나 심장병이나 심한 당뇨, 지병이 있는 환자들은 아무래도 위험부담이 커 수술을 하지 못해 아파도 참고 지내야 하는 경우가 많았다. 하지만 지금은 협심증이나 뇌경색 등으로 아스피린 등의 항혈전제, 항혈소판제를 먹는 환자들도 약을 일시적으로 중단하고 수술을 한 후 일정 시점이 지나면 계속 복용할 수 있다.

수술하는 동안 깨어 있는 게 무서워요

✦

환자 입장에서는 부분 마취가 여러모로 안전한 것이 사실이다. 수술로 몸이 감당해야 하는 부담을 최소화하면서도 효과는 좋기 때문이다. 따라서 어쩔 수 없이 전신 마취를 해야 하는 경우가 아니라면 부분 마취에 대한 박연한 두려움으로 피하지 않는 것이 좋다.

하지만 아무리 통증을 느끼지 못해도 수술하는 내내 의식이 깨어 있다는 것은 힘든 일이다. 10~20분 만에 금방 끝나는 시술은 견딘다 해도 인공관절 수술처럼 한 시간 이상 걸리는 큰 수술을 견디기란 쉬운 일이 아니다.

이런 경우 부분 마취와 함께 수면 마취를 병행하기도 한다. 수면 마취란 말 그대로 잠을 자게 만드는 마취다. 정맥혈관으로 정맥마취제를 주입해 수술하는 동안 환자가 가수면상태가 되게 하는 것으로 주로 간단한 성형수술이나 시술 등에 많이 사용된다.

수면 마취는 전신 마취처럼 완전히 의식이 잠드는 것은 아니다. 전신 마취가 아무리 자극을 주어도 깨지 않고, 자발 호흡도 없어지는 것에 비해 수면 마취는 말을 걸거나 살짝 건드리면 깨기도 한다. 하지만 이런 자극이 없으면 수술을 진행하는 동안 수면 상태를 유지하기 때문에 환자가 공포감 없이 수술을 받을 수 있다.

스테로이드의
두 얼굴

스테로이드는 가장 빨리, 효과적으로 염증을 가라앉히는 약으로 유명하다. 어찌나 효과가 좋은지 무릎이 아파 한 번 스테로이드 주사를 맞아본 분들은 또 스테로이드 주사를 맞고 싶어한다.

하지만 스테로이드는 맞고 싶다고 자꾸 맞을 수 있는 것이 아니다. 부작용이 워낙 심하기 때문이다. 그렇다보니 스테로이드 치료가 꼭 필요한데도 부작용을 걱정해 꺼리는 분들도 많다.

스테로이드는 잘 쓰면 그만한 '명약'이 없다. 장기간에 걸쳐 자주, 반복적으로 사용하는 것이 문제이지, 단기간에 적절하게 쓰면 별로 문제가 되지 않는다.

스테로이드, 잘만 쓰면 명약

✦

앞서 설명했듯이 원래 류머티즘 관절염 치료제로 개발된 스테로이드는 여러 병에서 효과가 입증되면서 광범위하게 사용되고 있다. 흔히 뼈주사라고 부르는 것도 스테로이드 성분이고, 피부병과 천식에도 스테로이드를 많이 쓴다. 스테로이드는 면역억제제라는 이름으로 암 수술 후에 사용하기도 한다.

나도 스테로이드의 효과를 톡톡히 경험한 적이 있다. 몇 년 전 포도막염이라는 눈병을 앓았던 때의 일이다. 포도막염은 안구의 가장 바깥막인 각막과 공막(흰자위) 사이에 있는 중간막에 염증이 생기는 병이다. 이 병에 걸리면 주로 눈이 아프고, 시력이 떨어지는 증상이 나타나는데, 나의 경우 이런 증상은 미미했다. 대신 땅바닥이 울퉁불퉁하게 보여 제대로 걸을 수가 없었다. 걸으면 어지럽고 쓰러질 것 같아 일상생활조차 제대로 할 수가 없었다.

처음에는 포도막염인 줄 몰랐다. 안과에서는 여러 검사 끝에 약을 처방해주었지만 호전되기는커녕 증상이 악화되기만 했다. 약을 먹어도 낫지를 않으니 이대로 영영 눈이 낫지 않으면 어쩌나 하는 걱정에 밤잠을 설치며 괴로운 시간을 견뎌야 했다.

불안함에 마음이 사정없이 흔들릴 즈음 안과에서 포도막염이라는 진단을 내리고 새로 약을 처방했다. 먹는 약과 함께 눈에 넣는 안약을 처방했는데, 안약 성분이 스테로이드였다. 다행히 효과가 있었다. 3주가량 꾸준히 안약을 넣으니 염증도 많이 가라앉고 바닥이 울퉁불퉁해 보이는 증상도 사라졌다.

확실히 스테로이드의 효과는 훌륭했다. 만약 현존하는 약 중에서 그나마 제일 '명약에 가까운 약을 꼽으라면 개인적으로는 '스테로이드'를 꼽는다. 그만큼 스테로이드는 필요한 상황에, 의사의 처방에 따라 단기간에 적절하게 쓴다면 명약으로서의 역할을 충분히 한다. 그러니 부작용을 의식해 무조건 스테로이드를 피할 필요는 없다.

효과가 강력한 만큼 부작용도 심하다

✦

스테로이드는 이처럼 단기간에 적절하게 쓰면 명약이 따로 없지만 오래 쓰면 부작용이 심각하다. 골다공증, 피부반점, 탈모, 당뇨 등 크고 작은 부작용이 수도 없이 많다. 부종으로 얼굴이 보름달처럼 부풀어 오르는 일명 '문페이스(moon face)'도 스테로이드의 대표적인 부작용 중 하나다. 어쩔 수 없이 스테로이드를 복용하는 사람들

중 문페이스로 스트레스를 받아 우울해하는 분들이 많다.

30여 년 전, 내가 새내기 의사였을 때는 스테로이드 부작용이 덜 알려졌던 때라 스테로이드를 많이 썼다. 스테로이드를 쓰면 거짓말처럼 통증이 줄어드니 안 쓸 이유가 없었다.

당시 인공관절 수술은 고관절 수술이 전부나 마찬가지였다. 당시만 해도 무릎은 거의 안 했고, 어깨는 디디욱 하지 않았디.

지금은 고관절 인공관절 수술보다는 무릎 인공관절 수술을 조금 더 많이 한다. 무릎 인공관절 수술이 급증하는 것에 비해 고관절 인공관절 수술은 과거에 비해 증가폭이 크지 않기 때문이다.

왜 고관절 인공관절 수술이 많이 늘지 않았을까? 고관절 수술은 주로 골절, 퇴행성관절염, 대퇴골두 무혈성 괴사로 많이 이루어졌다. 대퇴골두 무혈성 괴사는 고관절 뼈가 썩는 병인데, 이 병이 과거에 비해 많이 줄어든 것이 영향을 미친 것으로 보인다.

대퇴골두 무혈성 괴사의 원인은 완전히 밝혀지지 않았다. 지금까지 밝혀진 원인은 스테로이드제의 남용과 과도한 음주다. 과도한 음주의 기준은 우리가 보통 생각하는 수준을 훨씬 넘어선다.

내가 전문의가 되어 몇 년 지났을 때 대퇴골두 무혈성 괴사로 내원한 환자가 있었는데 지금도 기억이 생생하다. 그 환자는 1년 동안 소주 8병을 매일 마셨다고 한다. 지금은 소주가 16~18도 수준이지만 그 당시엔 25도 정도였다. 그 독한 술을 밥도 안 먹고, 안주도 없이 마셨으니 간이 버텨낼 수가 없었다. 간은 응고된 피를 풀어주는 기능을 하는데, 간 기능이 떨어져 피가 응고되니 혈액순환이 안 돼 고관절에 피가 공급이 잘 안 되었고, 결국 뼈가 썩는 무혈성 괴사가 일어난 것이다.

환자는 양쪽 고관절 모두 인공관절 수술을 하고 다시 일상으로 돌아갔다. 무혈성 괴사의 주원인이었던 술도 끊었다. 하지만 1년 후 다시 술을 마신다는 이야기를 듣고 극구 말렸다. 술 때문에 그렇게 고생을 했는데 왜 또 술을 마시는지 안타깝기도 하고 화가 나기도 했다.

대퇴골두 무혈성 괴사를 일으키는 또 다른 원인은 스테로이드라는 강력한 소염진통제다. 30여 년 전만 해도 스테로이드를 많이 처방했고, 그로 인해 당시 무혈성 괴사가 많이 발생하게 된 부분이 분명히 있었을 것이다.

해외 몇몇 나라에서는 여전히 스테로이드를 많이 쓰고 있는 것 같다. 언젠가 해외 학회에 갔을 때 의료 후진국 의사들이 선진국보다 스테로이드를 많이 쓰고 있다는 것을 알게 되었다. 아니나 다를까, 그 나라에는 대퇴골두 무혈성 괴사 환자가 많았다. 아마도 이유는 여러 가지겠지만 개인적으로는 스테로이드 남용도 영향을 미쳤으리라 짐작한다.

지금은 의사들이 스테로이드의 부작용을 너무나 잘 알기 때문에 꼭 필요한 경우가 아니라면 잘 쓰지 않는다.

11

건강기능·보조식품,
말 그대로 보조식

건강에 대한 관심이 높아지면서 TV에서도 건강을 주제로 한 프로그램들을 자주 접할 수 있다. 3년여 동안 코로나 팬데믹을 겪으면서 건강에 대한 관심은 더욱 높아지는 추세다. 오랜 기간 바깥활동이나 모임을 자제하는 것은 기본이고 실내 헬스클럽에서의 운동은 물론 야외에서 하는 운동까지 자유롭게 할 수 없다보니 자연스럽게 먹는 쪽에 관심을 두는 사람들이 많아졌다.

나도 종종 TV 건강 프로그램에 출연하는데, 그때마다 건강기능·보조식품에 대한 질문을 많이 받는다. 나이가 들면 누구나 피해 가기 힘든 것이 관절염이다. 특히 무릎 관절염은 60~70대 이상이면 정도의 차이만 있을 뿐, 누구나 다 앓고 있다고 봐도 무방하다. 관절이 너무 좋지 않아 수술이 필요한 경우도 많은데, 대부분의 사람들은 수술을 두려워한다.

"수술하지 않고 식이요법이나 운동요법으로 관절염을 낫게 할 수는 없나요?"

관절염으로 고생하고 있지만 수술은 꺼려하는 분들은 이런 질문을 많이 한다. 특히 관절에 좋은 음식이나 건강기능 · 보조식품을 열심히 먹으면 좋아질 수 있는지에 관심이 많다.

이런 질문을 받을 때마다 곤혹스럽다. 뼈에 좋은 식품을 오랫동안 꾸준히 먹으면 뼈 건강을 지키는 데 도움이 될 수 있지만 약보다 효과가 좋을 수는 없다. 식품으로 약만큼의 효과를 내려면 장기간에 걸쳐 엄청난 양을 섭취해야 한다. 우유를 예로 들면 하루에 200ml 우유를 6팩씩, 6개월은 먹어야 하는데 사실상 불가능하다.

건강기능 · 보조식품도 마찬가지다. 건강기능 · 보조식품은 식품 중에서 좋은 성분을 추출한 것이어서 일반 음식보다는 효과가 있겠지만 역시 약에 비할 바가 아니다. 약만큼의 효과를 내려면 식품의 경우처럼 정말 많이 먹어야 한다.

무엇보다 환자들의 바람처럼 약을 먹지 않고 단순히 식이요법이나 건강기능·보조식품에만 의지해 관절염을 치료한다는 것은 불가능하다. 건강기능·보조식품은 이름처럼 보조적인 역할을 할 뿐이다.

단, 근육이 감소하는 근감소증은 현재 치료약이 없어 단백질 제품 중 필수 아미노산의 충분한 함량과 적절한 배합 등으로 비록 약보다는 못하지만 어느 정도 보완할 수 있을 것이라고 본다.

글루코사민 먹으면 관절염에 안 걸리나요?

코로나 팬데믹이 시작되기 전 지인이 어머니를 모시고 가족들과 함께 해외여행을 다녀온 적이 있다. 그런데 여행을 마치고 집으로 돌아와 우연히 어머니의 여행가방을 열어본 지인은 아연실색하고 말았다. 언제 구매해서 넣어놓으셨는지 외국 현지에서 용하다며 팔던 건강기능·보조식품이 가방 여기저기에 숨겨져 있었기 때문이다.

지인의 어머니뿐만 아니라 우리 병원을 찾는 환자들도 건강기능·보조식품에 관심이 많고 이에 의존하려는 경향이 있다. 긴선남(가명, 80대 초반) 할머니는 특히 그랬다.

병원을 찾았을 당시 인공관절 수술이 불가피할 정도로 무릎 관절염이 심했던 김선남 할머니는 지난 몇 년간 하루도 빠짐없이 글루코사민을 챙겨 드신 자타공인 글루코사민 신봉자였다. 그 믿음이 너무 강해서 관절염이 심하다고 말씀드리자 크게 놀라며 좀처럼 믿으려 하지 않았다.

"그럴 리가요. 글루코사민이 관절염에 좋다고 해서 제가 얼마나 열심히 먹었는데요."

그러나 검사결과를 보여주며 차근차근 설명해드리자 그제야 자신이 관절염에 걸렸다는 사실을 받아들이셨다. 하지만 관절에 특효약(?)인 글루코사민을 꾸준히 챙겨먹었는데, 왜 관절염이 생겼는지에 대한 의문은 쉽게 가시지 않는 듯했다. 그도 그럴 것이 글루코사민을 복용한 이후부터 통증이 줄어들었기 때문이다.

통증은 관절염 환자들을 가장 고통스럽게 하는 증상으로, 의사역시 병의 완치가 아니라 환자가 느끼는 통증과 불편을 최소화하는 것을 목표로 관절염을 치료한다. 그러다 보니 환자들 중에는 치료는 뒷전이고 통증 감소에 효험을 보인다는 음식이나 건강기능·보조식품에만 의존하려는 분들도 있다.

환자들로부터 많이 받는 질문 중 하나가 "도가니탕, 곰탕이 무릎에 좋냐"는 것이다. 도가니탕, 곰탕 등은 연골 성분인 콜라겐이

나 단백질을 함유해 우리 몸에는 좋지만 그렇다고 연골 재생에 직접적으로 효과가 있는 것은 아니다.

글루코사민 보조제도 파괴된 연골을 재생하기는 어렵다. 그렇다고 글루코사민이 모든 관절염 환자들에게 효과가 없는 것은 아니다. 글루코사민은 관절의 윤활유 역할을 하는 많은 양의 윤활액을 잡아두는 일을 하는 프로테오글리칸(proteoglycan)이라는 물질의 생성을 돕는다. 그뿐 아니라 연골세포를 만드는 세포에 자극을 주고, 연골대사과정을 정상화시켜 연골의 파괴를 막고 통증을 감소시키는 효과가 있다.

그러나 글루코사민 단독으로는 관절염 초기에도 효과가 있다는 객관적인 증거가 없다고 해서 요즘은 전문의들도 크게 권하지는 않는다. 김선남 할머니처럼 관절염이 상당히 진행된 환자에게는 유의미한 효과를 기대하기 어렵다. 이 단계에서는 아무리 값비싼 글루코사민을 열심히 챙겨먹는다고 해도 망가진 관절을 되살릴 수 없다. 그럼에도 다른 적절한 치료를 받지 않고 글루코사민에만 의존하면 관절염이 더 진행해 인공관절 수술을 받아야 하는 상황에까지 이를 수 있다.

물론 병원에서도 관절염 초기에는 글루코사민을 처방하기도 한다. 글루코사민이 연골이 크게 손상되었을 때는 별 의미가 없지만 초기 단계에는 관절건강에 도움을 줄 수 있기 때문이다. 따라서 적절한 병원 치료와 함께 전문의와 의논해서 도움이 되겠다고 판단되면 보조적으로 복용해보는 것도 좋다.

무엇을 먹는가보다
어떻게 먹는가가 더 중요하다

✦

현재의 건강은 과거에 내가 먹은 음식의 결과라는 말이 있다. 관절건강도 예외는 아니다. 먹는 것을 좋아해 욕심껏 다 먹고 체중이 많이 나가면 무릎에 가해지는 하중이 커져 연골이 빨리 닳고 관절염이 가속화되기 쉽다.

아직 관절염이 심하지 않으면 식이요법으로 체중관리만 잘해도 무릎 통증이 한결 줄어든다. 식이요법은 간단하다. 칼슘, 비타민, 미네랄 등 우리 몸에 필요한 영양소를 고루 섭취할 수 있도록 다양한 음식을 하루에 필요한 양만큼만 섭취하면 된다.

가혹 TV에서 무릎 통증에 ○○○가 좋더라는 정보가 나오면 그날 시장에서 ○○○는 씨가 마른다고 한다. 아무리 좋은 음식도 그음식만 집중적으로 먹으면 좋지 않다.

건강기능·보조식품도 마찬가지다. 요즘 매끼 영양소를 골고루 챙겨먹기 쉽지 않으니 부족한 영양소는 영양제 등 건강기능·보조식품으로 대신한다는 사람들도 많다. 하지만 분명한 건 제철음식을 위주로 한 균형 잡힌 식사가 관절 건강에 더 도움이 된다는 것이다. 균형 잡힌 식사를 위주로 하면서 건강기능·보조식품은 말 그대로 부족한 부분을 보조해주는 정도로 섭취하는 것이 좋다.

또한 똑같은 건강기능·보조식품이라도 사람마다 효능과 부작용이 다를 수 있다. 이를 확인하기 위해서는 한 번에 하나의 건강기능·보조식품을 추가해 먹어야 한다. 그런 다음 몸에서 일어나는 변화를 자세히 살펴본 다음 계속 복용할지 결정하는 것도 좋다. 한꺼번에 여러 제품을 섭취하지 않도록 권하는 이유는 혹시라도 부작용이 나타나거나 몸이 좋아졌어도 어떤 건강기능·보조식품 때문이었는지를 알기가 어렵기 때문이다. 최소한 2주 이상 섭취해보고 별 효과가 없다면 나에게 맞지 않는 것일 수도 있다.

Chapter
4

100세까지
팔팔한 관절을
위하여

관절, 아는 만큼
아낄 수 있다

10월 12일은 세계보건기구(WHO)가 지정한 '세계 관절염의 날'이
다. 관절염으로 고통 받는 환자들을 응원하고 관절염에 대한 인식
을 높이고자 지정된 이날에는 매년 관절염에 대한 올바른 인식을
심어주기 위한 이벤트가 진행된다. 세계보건기구가 1년 중 특정한
날을 특정 질환을 위한 날로 정했다는 것은 그만큼 그 질환이 국경
을 넘어 전 세계 많은 사람을 고통스럽게 만들고 있다는 의미이다.

　실제로 우리나라의 경우만 해도 관절염은 이미 50대 이상 중장
년층의 절반 이상이 앓는 국민질환이다. 또한 여러 경로를 통해 관

절염의 심각성을 자주 접하게 되면서 우리나라 국민들이 암에 이어 두 번째로 미래에 자신에게 발병할까 염려하는 질환이 바로 관절염이다.

관절염을 앓고 있는 사람이 워낙 많다 보니 보통 관절질환 하면 관절염을 먼저 떠올리지만 관절질환은 그 종류를 일일이 나열하기 어려울 정도로 많다. 실제로 관절만큼 병이 잘 나는 신체부위도 드물다.

사실 관절의 구조는 과학적으로 튼튼하게 설계되어 있다. 그럼에도 왜 관절에 탈이 잘 나는 것일까? 그 이유를 알면 관절을 잘 관리하기가 한결 수월해진다.

유독 탈이 잘 나는 관절들의 공통점

우리 몸을 이루는 관절은 100개가 훌쩍 넘는다. 그 많은 관절이 다 병이 잘 나는 것은 아니다. 주로 병이 나는 대표적인 관절은 무릎관절, 고관절, 어깨관절, 척추, 손가락 관절, 발가락 관절 등이다. 왜 유독 그 많은 관절들 중에서 이들 관절에만 병이 잘 날까?

약한 강도의 낙숫물도 장기간 지속적으로 떨어지면 단단한 댓돌을 뚫을 수 있다. 마찬가지로 아무리 관절을 안전하게 보호하기 위한 장치가 이중, 삼중으로 되어 있어도 관절을 오랫동안, 지속적으로 움직이면 그 마찰의 강도가 그리 크지 않아도 뼈와 뼈 사이에서 완충작용을 하는 연골이 닳게 된다.

두 뼈 사이에서 마찰이 생기는 것을 방지하고 충격을 흡수하는 역할을 하는 연골이 마모되면 움직일 때 관절이 받는 마찰과 충격은 더욱 커진다. 그러면 관절은 더욱 약해지고, 종국에는 관절에 가해지는 부담을 감당하지 못해 병이 나는 것이다.

움직임이 많지 않더라도 체중이 많이 쏠리는 관절도 병에 쉽게 걸린다. 척추가 대표적인 경우로, 특히 척추 중에서도 목뼈와 허리뼈에 병이 잘 난다. 그 이유는 목뼈와 허리뼈가 척추의 다른 부위에 비해 체중의 부하를 많이 받기 때문이다. 목뼈는 365일 내내 무게가 5㎏ 안팎에 이르는 머리를 떠받치고 있고, 허리뼈는 서 있을 때 체중이 집중적으로 쏠려서 약해지고 손상되기 쉽다.

결국 관절은 '움직임이 많을수록', '체중의 부하를 많이 받을수록' 병에 쉽게 노출된다. 어느 한 가지에만 해당되어도 병이 날 가능성이 커지는데, 두 가지 조건을 모두 갖추고 있는 관절은 더 말할 것도 없다.

병이 잘 나는 관절 구조 이해하기

✦

병이 잘 나는 관절은 움직임이 많고 체중 부하를 많이 받는다는 공통점이 있다. 하지만 각 관절별 구조적 특징은 조금씩 다르다.

우선 골반과 대퇴골(허벅지뼈)을 연결하는 고관절부터 살펴보자. 고관절에서 대퇴골 뼈끝의 관절면은 야구공처럼 동그랗고, 골반 쪽 관절면은 야구글러브처럼 오목하게 들어가 있다. 마치 야구공이 야구글러브에 쏙 들어가 있는 것과 같은 모양을 하고 있어 비교적 안정적인 뼈 구조를 자랑하는 관절이다. 여기에 매우 강한 인대와 힘줄, 근육이 고관절을 든든하게 지탱해주기 때문에 쉽게 관절이 빠지거나 변형되지 않는다. 그러나 우리 몸에서 어깨 다음으로 관절의 운동범위가 크고, 움직임이 많으며, 체중의 부하를 많이 받는 곳이기 때문에 탈이 잘 나는 관절 중 하나다.

인체를 이루는 뼈 중 무려 52개에 달하는 뼈가 집중되어 있는 발 관절은 뼈의 수만큼 관절의 수도 33개에 이른다. 또한 관절의 수가 많은 만큼 그 관절을 지탱하는 인대, 근육, 힘줄의 수도 압도적으로 많다. 하나의 발에 56개의 인대가 수많은 발 관절을 단단하게 연결하고 있고, 근육과 힘줄의 수도 64개에 이른다. 어느 신체부위보다 많은 뼈와 관절로 이루어져 있음에도 우리가 정상적인 발의 모양을 유지하며 자유롭게 움직일 수 있고, 걷거나 뛰면서 생기는 크고 작은 충격에도 발이 무사할 수 있는 것은, 관절을 둘러싸고 있는 수많은 인대와 근육, 힘줄이 관절을 견고하게 지탱하고 있기 때문이다.

그러나 발은 뼈와 관절이 워낙 많고 서로 정교하게 연결되어 작동하기 때문에 어느 한 관절이라도 제 위치를 벗어나 맡은 일을 수행하지 못하면 연쇄적으로 다른 뼈와 관절이 무너질 수 있다. 특히 발뒤꿈치 부분인 후족부와 발 중간 부분인 중족부의 뼈와 관절에 이상이 생기면 발 건강에 치명적인 영향을 받게 된다. 게다가 발은 우리 몸 가장 아래쪽에서 체중의 부하를 감내하는 곳이기 때문에 병에 더욱 취약하다.

탈이 잘 나는 관절 중에서도 유독 질병에 취약한 관절이 무릎 관절이다. 인체에서 가장 큰 관절로 꼽히는 무릎 관절은 대퇴골(허벅지뼈)과 경골(종아리뼈)을 이어주는 관절로, 다른 관절에 비해 '불안정한 뼈 구조'를 가지고 있다. 보통 관절면은 고관절처럼 한쪽은 볼록하고, 다른 한쪽은 오목하게 들어가 관절의 구조가 안정적인데 비해, 무릎 관절은 대퇴골과 경골의 관절면이 밋밋하다. 평평한 경골 위에 대퇴골이 위태위태하게 얹혀 있는 것이다.

그러나 감사하게도 무릎 관절은 이 불안정한 뼈 구조를 안정적으로 지지하고 보호하기 위한 다양한 보완장치를 갖추고 있다. 기본적으로 위태롭게 얹혀 있는 무릎 관절이 흔들리지 않도록 관절낭(관절을 둘러싸고 있는 피막)과 인대, 근육이 힘을 합해 이를 단단하게 붙잡고 있다.

그런데 이 중 인대의 구조가 다른 관절과 사뭇 다르다. 팔목, 발목을 비롯한 대부분의 관절은 관절강(관절 위 뼈와 아래 뼈 사이에 있는 공간) 바깥쪽에 큰 인대가 좌우로 2개가 있는 데 비해 무릎 관절은 관절강 바깥쪽에 좌우로 측부인대 2개와 관절강 안쪽에 앞뒤로 십자인대 2개가 뼈와 관절을 지탱하고 있다. 무릎 관절은 다른 관절과 달리 관절강 바깥쪽뿐만 아니라 안쪽에도 추가적으로 인대가 존재해 무릎 관절을 이루는 대퇴골과 경골을 한 번 더 단단하게 잡아줌으로써 불안정한 뼈 구조를 보완하고 있는 것이다.

연골도 마찬가지다. 무릎 관절은 다른 관절과 달리 뼈에 붙어 있는 뼈 연골과 더불어 무릎 가운데를 축으로 내측과 외측 두 개로 나뉘어 있는 초승달 모양의 반월상 연골이 있다. 이 중 반월상 연골은 무릎 관절건강의 핵심으로, 대퇴골과 경골이 만나는 부위의 빈 공간을 채우며 무릎 관절에 가해지는 충격을 효과적으로 흡수하고 연골의 접촉면을 넓혀 잘 움직일 수 있도록 돕는다. 즉 무릎 관절은 여타 관절과 다른 특별하고 복잡한 인대와 연골을 두어 불안정한 뼈 구조를 튼튼하게 보호하고 있는 것이다.

그럼에도 무릎은 워낙 움직임이 크고, 움직이는 횟수도 많을뿐 더러 그 어떤 관절보다 체중의 부하를 많이 받기 때문에 병이 잘 날 수밖에 없다.

어깨 관절은 어깨뼈와 위팔뼈 사이에 있는 관절이다. 이 어깨 관절 바깥은 관절낭이 감싸고 있고, 관절낭 안은 윤활유 역할을 하 는 관절액이 가득 차 있다. 무릎 관절이나 척추에 비해 체중의 부 하는 많이 받지 않지만 신체의 관절 중 유일하게 360도 회전이 가 능하고, 워낙 움직임이 많아 탈이 나기 쉽다.

물론 어깨관절은 4개의 튼튼한 어깨힘줄이 잘 붙잡고 있다. 하 지만 어깨힘줄은 연골처럼 많이 쓰면 닳고 약해진다. 나이가 들수 록 약해져 조그만 충격에도 손상될 수도 있으니 평소 잘 관리해야 한다.

관절이 보내는 이상신호,
그냥 넘겨선 안 된다

관절은 아프기 시작하면 어떤 형태로든 신호를 보낸다. 예를 들어 너무 많이 걸으면 무릎이 뻐근하고 묵직하다. 그때 '아, 많이 걸어 무릎에 무리가 갔으니 쉬라는 신호구나' 알아차려야 한다. 신호를 무시하고 계속 무릎을 혹사하면 결국 망가질 수밖에 없다.

관절도 다른 신체 부위와 마찬가지로 나이가 들면 늙고 약해지기 마련이다. 하지만 관절이 보내는 신호를 제때 알아차리고 그때그때 적절한 관리만 해주어도 관절의 노화속도를 최대한 늦출 수 있다.

하지만 초기에는 신호가 약하거나 한 번으로 끝나 눈치 채기가 쉽지 않고, 설령 알아차려도 대수롭지 않게 생각하는 경우가 많다. 실제로 관절이 아파 통증이 있어도 쉬거나 찜질 등을 하면 금방 좋아져 더더욱 무시하기 쉽다. 그러다 보면 점점 관절이 약해져 신호를 보내는 횟수도 많아지고 강도도 세져 결국에는 일상생활이 불편해질 정도로 상태가 악화된다.

환자들을 진료하다 보면 관절이 보내는 신호를 무시하다 크게 고생한 분들을 종종 본다. 초기에 적절한 치료만 했어도 완치가 가능했을 텐데, 차일피일 미루다 병을 키운 분들을 보면 안타깝고 속상하다.

사타구니 통증,
알고 보니 고관절이 보낸 신호

늘 건장한 남성미를 뽐내던 이준배(가명, 40대 후반, 대기업 근무) 씨가 우리 병원을 찾아온 것은 왼쪽 사타구니의 극심한 통증과 다리를 저는 증상 때문이었다. 증상을 보아하니 아무래도 고관절에 이상이 생긴 듯했다. 고관절에 문제가 생기면 고관절이 위치한 사타구니가 아프고 다리를 절 수 있기 때문이다.

실제로 검사를 해보니 예상이 맞았다. 고관절의 상태가 매우 좋지 않았다. 이 지경이 될 때까지 왜 병원을 찾지 않았는지 의아해 물었다.

"한동안 걷거나 앉았다 일어날 때, 또 계단을 오르내릴 때 왼쪽 사타구니가 심하게 아파 고생했어요. 그런데 바빠서 바로 병원에 못 가고 견디다보니 어느 순간 통증이 잠잠해지더군요. 그래서 대수롭지 않게 생각했어요."

이준배 씨뿐만 아니라 많은 분들이 통증이 있을 때는 걱정을 하다가도 아픈 증상이 사라지면 심각한 병은 아니구나 생각하며 이내 잊어버린다.

그런데 그를 괴롭히던 통증이 왜 갑자기 줄어든 것일까? 우리 몸은 어떤 문제가 생겼을 때 스스로 적응하는 힘이 있다. 그래서 고관절에 이상이 와 통증이 생겨도 시간이 지나면 인체가 적응해 통증을 덜 느끼게 된다. 이준배 씨도 몸이 통증에 적응해 덜 아팠던 것인데 몸이 괜찮아진 줄 착각한 것이 문제였다. 아프지 않으니 이상이 있는 고관절을 계속 썼고, 그러는 동안 고관절이 더 망가지고 한쪽 다리까지 짧아져 다리를 절게 되는 지경에까지 이른 것이다.

그런데 이준배 씨는 자기가 다리를 전다는 사실을 잘 몰랐다고 한다. 처음에 가족과 직장동료들이 다리를 조금씩 저는 것 같다고 말할 때도 그들이 뭔가 착각했겠지 하고 대수롭지 않게 넘겼다고 한다. 그런데 다리를 전다는 말을 하는 사람이 늘어나면서 사태의 심각성을 깨닫고 부랴부랴 병원을 찾아온 것이었다.

걸을 때 다리를 절뚝거린다는 것은 보통 두 다리의 길이가 1㎝ 이상 차이가 난다는 의미이다. 이러한 현상은 대개 대퇴골두 무혈성 괴사가 진행되어 대퇴골(허벅지뼈)의 위쪽 끝에 있는 대퇴골두가 찌그러지듯 뼈가 주저앉아 짧아졌을 때 나타난다.

앞에서도 여러 차례 거론했던 대퇴골두 무혈성 괴사란 대퇴골두가 충분한 혈액을 공급받지 못해 서서히 죽어가는 고관절 질환을 말하는데, 전체 고관절 환자의 약 70%를 차지할 정도로 흔한 고관절 질환이다. 여성보다는 남성에게 주로 발생하고, 남성 중에서도 이준배 씨처럼 사회활동을 왕성하게 하는 30~50대에게서 흔히 발병한다.

대퇴골두 무혈성 괴사의 발병원인은 아직까지 정확하게 밝혀지지 않았다. 조사결과를 보더라도 원인불명이 55%로 가장 많은 비중을 차지하고, 그다음으로 술이 21%, 스테로이드제 복용과 고관절 외상이 10.5%, 퇴행성이 6%를 차지한다.

이준배 씨는 대퇴골두 무혈성 괴사가 심해 안타깝게도 인공관절 수술이 필요한 상태였다. 대부분의 질병이 그러하듯 대퇴골두 무혈성 괴사 역시 조기치료가 매우 중요하다. 대퇴골두 무혈성 괴사는 병의 진행 상태에 따라 4기로 구분되는데, 초기인 1~2기에는 적절한 치료를 하면 관절을 살릴 수 있지만 3기 이상으로 넘어가면 인공관절 수술 외에는 다른 대안이 없다. 심지어 2기만 돼도 관절을 살릴 수 없다고 주장하는 의사들도 있다.

인공관절로 치환해야 한다는 말에 준배 씨는 적잖이 충격을 받은 듯했다. 보통 나이가 지긋하신 어르신들이 하는 인공관절 수술을 아직 창창한 40대에 해야 한다고 하니 기가 막힐 노릇이었을 것이다.

실제로 40대 젊은 나이에 인공관절 수술을 하는 경우는 드물다. 관절질환의 주원인이 노화여서 주로 70대 이상의 어르신들이 인공관절 수술을 많이 하는데, 젊더라도 관절을 함부로 쓰고 잘 관리하지 못하면 인공관절 수술 외에는 답이 없을 수도 있다.

특히 대퇴골두 무혈성 괴사처럼 젊은 사람들에게 많이 발생하는 관절질환을 방치하면 젊은 나이에 인공관절 수술을 받아야 할 가능성이 더욱 높아진다. 따라서 뚜렷한 이유도 없이 엉덩이나 사타구니에 통증이 1~2주 이상 지속된다면 고관절 질환을 의심하고 빨리 병원을 찾는 것이 현명하다. 평소 술을 많이 마시거나, 스테로이드제를 오래 복용했거나, 고관절 부위를 다쳤거나, 항암치료를 받은 적이 있다면 더욱 조심해야 한다.

고관절이 주로 보내는 적신호

✦

고관절에 이상이 생기면 일반적으로 이준배 씨처럼 걸을 때 사타구니 쪽에서 찌릿한 통증이 느껴진다. 걸을 때는 고관절이 움직여야 하기 때문에 고관절에 이상이 생기면 통증이 따라오는 것이다.

그런데 사타구니 쪽에서만 통증이 감지되는 것은 아니다. 허벅지 앞쪽, 무릎 등에서 통증이 느껴지기도 한다. 심지어 고관절에 이상이 있는데도 사타구니 쪽에는 별다른 통증이 없고 무릎에만 통증이 발생하기도 한다. 이는 고관절과 무릎 관절이 같은 신경줄기로 연결되어 있기 때문이다.

고관절이 보내는 적신호 중 사람들이 가장 눈치채기 쉬운 것은 양반다리 자세가 안 되는 것이다. 양반다리를 하면 고관절이 바깥쪽으로 벌어지는데, 이때 고관절의 연골이 많이 마모되거나 염증이 있으면, 고관절이 벌어지는 과정에서 가랑이가 찢어지는 듯 아프고 골반도 욱신거려 양반다리가 거의 불가능하다.

또 고관절에 문제가 있으면 계단을 오르내리거나 점프를 할 때 더 심한 통증이 느껴진다. 이러한 동작들은 고관절에 가해지는 체중의 부하를 가중시키기 때문에 이상이 있는 경우 통증이 더 악화되는 것이다.

한쪽 허벅지가 얇아지는 증상도 나타난다. 어느 한쪽 고관절에 문제가 있으면 그로 인한 통증으로 인해 관절을 덜 움직이게 되고, 그렇게 되면 근육이 약해지고 위축되어 허벅지가 얇아지는 것이다.

또 이준배 씨처럼 고관절에 이상이 생기면 다리가 짧아져 걸을 때 절뚝거리는 모습을 보이기도 한다. 이러한 현상은 질환이 상당히 진행되었다는 의미이므로 최대한 빨리 조치를 취해야 한다.

어떤 형태로든 무릎이 아프면 조심

✦

우리 몸에서 가장 탈이 잘 나는 무릎 관절은 혹사당하거나 이상이 생기면 걸을 때 욱신거리고 아프다. 만약 걸을 때나 걷고 난 이후 어떤 형태로든 무릎에 통증이 느껴진다면 그 강도와 빈도에 상관 없이 경계해야 한다. 이를 무시하고 무릎 관절을 계속 혹사시키면 상태가 점점 악화되어 심한 경우 무릎이 아파 걸을 엄두도 나지 않 는 것은 물론이고 걷지 않을 때도 통증에 시달릴 수 있다.

계단을 오르내릴 때 무릎이 시큰거리고 아픈 증상도 무릎 관절 에 탈이 났을 때 나타나는 적신호다. 무릎 관절에 이상이 생기면 걸을 때 통증이 많이 나타나지만 계단을 오르내릴 때 특히 통증이 더 심해진다. 그만큼 계단을 오르내릴 때 무릎에 실리는 체중의 부 하가 크기 때문이다. 무릎이 붓고 열이 나기도 한다.

이러한 증상이 나타나는 데는 여러 이유가 있는데, 관절을 단단하게 감싸고 있는 관절낭의 윤활막에 염증이 생겨 윤활 액이 과도하게 분비되어 나타나기도 하고, 나이가 들면서 연골이 닳아 없 어지면서 뾰족해진 뼈끝이 주변 인대나 힘줄, 관절낭 등을 찔러 염증이 생겨 무릎이 붓기도 한다. 또한 격렬한 운동으로 반월상 연골이나 십자인대가 손상되었을 때 무릎이 부을 수도 있다.

어깨가 아프고 팔을 움직이기 힘들다면?

몇 해 전 어깨가 몹시 아파 고생한 적이 있다. 잠을 자고 일어나려고 왼쪽 팔로 매트리스를 짚으면 '악' 하고 비명이 나올 정도로 많이 아팠다. 그뿐만 아니라 특정한 동작을 할 때마다 어깨가 아파 그 동작을 피하게 되었다.

MRI 검사를 해보니 어깨힘줄(회전근개) 부분 파열이었다. 다행히 찢어진 부위가 크지 않았다. 어깨힘줄은 부분적으로 조금 끊어졌을 때는 수술을 안 해도 되지만 일상생활을 하기가 불편하다. 또한 그대로 방치하면 찢어진 부위가 넓어져 통증이 더 심해지고, 동작도 더 많이 제한된다. 더 진행되면 어깨힘줄이 완전히 끊어지고, 관절이 굳어 수술이 필요할 수 있다. 다행히 적극적으로 물리치료를 받고 주사도 맞아 오래 고생하지 않고 회복할 수 있었다.

나를 괴롭혔던 통증의 원인은 어깨힘줄 파열이었지만 오십견을 비롯한 다른 어깨질환도 증상이 비슷하다. 통증은 기본이고, 어깨가 아파 팔을 제대로 움직일 수가 없다. 특히 팔을 뒤로 돌려 올리거나 어깨 위로 들어 올리는 등의 동작을 하기 어렵다. 조기에 적절한 치료를 하지 않으면 영구적으로 운동 범위가 제한되기도 하니 어깨 통증을 무시하고 방치해서는 안 된다.

발 관절이 보내는 신호는 다양하다

✦

발 관절에 이상이 생기면 발목이 시큰거리고 아프다. 이러한 증상이 나타나는 것은 발목 관절에 부하가 많이 걸리거나 발목 관절을 지지하는 인대와 힘줄에 문제가 생겼기 때문이다. 따라서 간헐적으로 발목이 시큰거리고 아프다고 하더라도 주의 깊게 살펴보는 것이 좋다. 방치하면 발목 관절이 점점 약화되어 발목 관절이 고질적으로 불안정해질 수 있다.

또 발 관절에 문제가 생기면 발을 디딜 때 통증이 나타난다. 대부분의 관절이 그렇듯 발 관절 역시 이상이 생기면 통증으로 신호를 보낸다. 그러므로 발을 디딜 때 어느 부위든 통증이 느껴진다면 참지 말고 정확한 진단을 받아보는 것이 좋다.

 발에 티눈이나 굳은살이 생기는 것도 발 관절이 보내는 적신호다. 많은 사람이 발 여기저기에 티눈이나 굳은살이 생겨도 대수롭지 않게 생각하는데, 이는 발의 특정 부위가 과도한 마찰과 압력을 받고 있나는 의미이나. 올바르게 걷는 경우에는 체중의 부하가 골고루 가해지기 때문에 발에 티눈이나 굳은살이 잘 생기지 않는다. 따라서 발 어디든 티눈이나 굳은살이 생겼다면 발 관절이 위협받고 있다는 신호이므로 방치하지 말자.

발 관절에 이상이 생기면 발이 저린 증상도 나타날 수 있다. 발에 분포되어 있는 신경에 문제가 생기면 발이 저릿한 증상이 나타나기 때문이다.

03

올바른 생활습관이
관절을 웃게 한다

우리나라 사람들이 양반다리에 익숙한 것은 좌식생활을 많이 하기 때문이다. 물론 지금은 많이 달라졌다. 침대, 소파, 식탁, 의자 등이 보편화되면서 우리나라 사람들도 좌식보다는 입식생활을 많이 한다.

하지만 습관은 무섭다. 워낙 오랫동안 대대손손 좌식생활을 해서인지, 환경은 입식생활로 바뀌었는데 좌식생활의 습관이 여전히 남아 있는 경우가 많다. 예를 들면 소파에 앉아서도 양반다리를 하는 분들이 종종 있는데, 이런 모습은 서양인들의 눈에는 묘기처럼 신기하게 보인다고 한다.

양반다리는 쪼그려 앉는 자세와 함께 무릎에 아주 좋지 않은 자세로 알려져 있다. 관절염은 동서양의 구분이 없지만 우리나라의 경우 미국이나 유럽에 비해 무릎 관절염 환자가 많다. 이는 양반다리를 주로 하는 좌식생활과 무관하지 않다.

이처럼 일상생활에서 낳이 하는 자세는 관절에 치명적인 영향을 준다. 따라서 어떤 자세가 관절을 피곤하고 힘들게 하는지를 알고, 그런 자세를 고치려고 노력만 해도 관절이 감당해야 하는 부담은 한결 줄어들 수 있다.

양반다리보다 쪼그려 앉기가 더 나쁘다

◆

바닥에 양반다리로 앉으면 75kg 성인을 기준으로 했을 때 무릎이 15kg의 무게를 더 감당해야 하는 상태가 된다. 그런데 양반다리보다 더 안 좋은 자세가 있다. 바로 쪼그려 앉는 자세인데, 이 자세를 하면 양반다리를 했을 때보다 무려 6배, 그러니까 90kg에 달하는 무게를 무릎이 견뎌내야 한다.

양반다리를 할 때도 무릎 관절이 많이 꺾이지만 쪼그려 앉으면 더 심하게 꺾인다. 그래서 인대가 약한 사람은 쪼그려 앉다가 뚝 소리가 나면서 무릎 힘줄이나 인대가 끊어질 수도 있다. 또 연골이 손상돼서 관절염이 진행되거나, 이미 관절염이 있을 경우 증상이 더 악화되기도 한다.

우리나라 여성들이 남성보다 무릎이 더 많이 아픈 이유는 쪼그려 앉기와 무관하지 않다. 옛날 어머니들은 대부분 쪼그려 앉아 일을 했다. 바닥을 걸레질하거나 음식 재료를 손질할 때는 말할 것도 없고, 하루 종일 쪼그리고 앉아 밭일을 할 때도 많았다. 그렇게 매일 무릎을 혹사시키니 무릎이 성할 수가 없었다.

양반다리나 쪼그려 앉기는 무릎뿐만 아니라 척추에도 아주 좋지 않은 자세다. 따라서 관절을 덜 힘들게 하려면 어떤 경우에도 가능한 한 바닥에 앉지 말고 의자에 앉는 것이 좋다.

의자에 앉을 때도 제대로 앉아야 한다. 다리를 꼬거나, 등받이에 비스듬히 기대어 앉거나, 의자 끝에 엉덩이만 살짝 걸치면 관절에 부담이 많이 간다. 엉덩이를 의자 깊숙이 밀어넣은 상태에서 허리를 곧게 펴 등허리를 등받이에 기대어 앉는 것이 좋다.

소파에 앉을 때도 비스듬히 기대어 앉거나 고개를 앞으로 숙이는 자세는 목, 허리, 어깨 등 여러 관절에 부담을 준다. 허리와 목 뒤에 쿠션을 대고 고개가 숙여지지 않게 하면 좋다.

무릎을 꿇는 자세도 관절건강에 좋지 않다. 무릎을 꿇으면 관절이 깊게 구부려져 무릎 내부의 압력이 상승해 무릎에 많은 부담을 주고, 무릎 관절을 지탱하는 인대도 긴장시킨다. 또한 혈액순환도 방해해 장시간 무릎을 꿇고 있으면 무릎 관절이 쉽게 약해지고 병이 난다.

다리를 꼬고 앉는 자세도 삼가야 한다. 어느 한쪽 다리를 다른 쪽 다리 위로 포개 앉으면 포갠 다리의 고관절 주변의 인대와 근육이 과도하게 긴장하고, 또 고관절이 앞으로 당겨지면서 탈구가 될 수도 있다. 그뿐만 아니라 체중이 한쪽으로 더 많이 쏠리면서 고관절의 불균형을 야기할 수도 있다.

좋은 자세도 장시간 취하면 안 좋다

관절질환은 대부분 잘못된 생활습관에 기인하는 경우가 많아 개인적으로 환자들에게 올바른 생활습관의 중요성을 강조하는 편이다. 그런데 자신은 정말 올바른 자세로 생활하기 위해 노력했는데, 왜 관절이 아픈지 억울하다는 환자가 있었다.

환자의 이야기를 들어보니 딱히 지적할 만한 잘못된 생활습관이 없었다. 양반다리가 좋지 않다는 것을 이미 알고 있어 식당에 갈 때도 바닥에 앉아야 하는 식당은 가지 않는다. 꼭 의자에 앉는 식당에 가고, 의자에 앉을 때도 등받이에 허리를 대고 엉덩이를 깊숙이 넣어 앉는다. 핸드폰을 너무 많이 들여다봐도 좋지 않다고 해 꼭 필요한 경우가 아니면 보지 않는다.

그런데 딱 한 가지가 걸렸다. 워낙 집중해서 처리해야 할 일이 많다보니 한 번 의자에 앉으면 3~4시간 꼼짝도 않고 같은 자세로 일할 때가 많았다.

아무리 좋은 자세라도 한 자세로 장시간 있으면 관절에 해롭다. 같은 자세로 장시간 있는 동안 근육과 인대가 뻣뻣해지고, 혈액순환이 잘 안 돼 관절에 무리를 주기 때문이다. 이때 '1-10 루틴'을 떠올려보자. 1시간 일한 후 10분간은 자세를 바꾸고 가볍게 스트레칭을 하며 휴식을 취하는 것이다.

　관절을 어느 한쪽으로만 주로 사용하는 습관도 관절건강에 해롭다. 우리 몸은 좌우 대칭으로 왼쪽과 오른쪽 관절이 상호 관계에 있기 때문에 어느 한쪽 관절을 지나치게 많이 쓰면 그 관절이 다른 쪽 관절에 비해 쉽게 손상된다. 따라서 직업적으로든 습관적으로든 한쪽 관절을 주로 사용한다면 의도적으로라도 좌우 관절을 번갈아 사용하는 습관을 들이자.

적정 체중을 유지하는 것도 중요

20여 년 이상 〈순간포착 세상에 이런 일이〉를 진행하는 박소현 씨는 소식가로 유명하다. 식탐이 없는 것도 아닌데 철저한 절제력으로 식단을 조절해 164cm의 키에 44~46kg의 체중을 유지하고 있다.

　박소현 씨가 체중관리에 열심인 이유는 무릎 때문이다. 원래 발레리나를 꿈꿨던 그녀는 21세에 무릎 부상을 입어 발레를 포기했다. 다시 발레를 하기 위해 열심히 치료를 받았지만 끝내 부상을 극복하지 못했다.

의사는 무릎이 부상으로 약해진 상태여서 체중이 늘어나면 더 안 좋아질 수 있다고 조언했다. 이후 무릎에 부담을 주지 않기 위해 지금까지도 그래왔고 앞으로도 평생 식단 조절과 운동을 할 생각이라고 한다.

체중이 늘면 무릎관절은 물론 척추, 발목 관절 모두 힘들다. 무릎 관절염과 같은 관절질환에 취약한 사람들을 보면 대개 과체중이다. 실제로 체중이 많이 나갈수록 관절이 감당해야 하는 부담이 커지기 때문에 관절염의 발병률이 올라간다. 한 연구결과에 의하면 과체중인 사람이 정상체중인 사람에 비해 여성은 약 4배, 남성은 약 4.8배나 관절염 발생 위험이 높은 것으로 나타났다.

반대로 체중을 감량하면 증상이 많이 호전된다. 관절염의 경우 약 5kg만 살을 빼도 그 증상이 50%나 감소하는 것으로 조사되었다.

비만은 대표적인 생활습관병 중 하나다. 병적인 원인에 의해 살이 찌는 경우를 제외하면 모두 폭식, 과식, 운동부족 등 잘못된 생활습관 때문에 살이 찐다. 따라서 적절한 식이요법과 운동요법을 병행해야 하는데, 굶지 않으면서 관절에 부담을 주지 않는 운동을 적절하게 하는 것이 바람직하다.

생활습관 교정이 제일 좋은 치료

✦

진료를 하다보면 특정 치료로 관절질환을 빨리 낫게 해주길 바라는 환자들이 있다. 그런데 다 그렇지는 않지만 이런 분들을 보면 대개 병원 치료를 통해 어떻게 하면 관절질환으로 인한 증상들을 하루 빨리 없앨 수 있을지에만 신경 쓰고, 생활 속에서 관절질환을 유발하고 악화시키는 요인들을 어떻게 제거할 수 있을지에는 도통 관심이 없다. 잘못된 생활습관은 바로잡지 않은 채 왜 이런저런 치료를 하는데도 병이 좀처럼 낫지 않느냐며 병원을 계속 드나들기에 바쁘다.

관절이 아플 때 적절한 치료를 받는 것은 중요하다. 하지만 관절을 힘들게 했던 잘못된 생활습관을 교정하지 않으면 언제든 또 재발할 수 있다.

평생을 시골에서 농사를 지으며 열심히 산 박순례(가명, 70대 중반) 할머니는 결국 무릎 연골이 다 닳아 인공관절 수술을 했는데, 수술 후에 또다시 농사를 지어 어지간히 애를 태우셨던 분이다. 물론 농사 자체가 큰 문제는 아니다. 오히려 적당한 운동은 관절에 활력을 줄 수도 있다.

하지만 할머니는 평생 밭에서 쪼그리고 앉아 농사를 짓던 분이었고, 수술 후에도 그 자세를 고치지 못하셨다. 무릎 인공관절 수명이 20년 전후이긴 해도 할머니처럼 무릎에 부담을 많이 주는 자세를 고치지 못하면 인공관절도 배겨나기 어렵다. 그래서 외래진료를 오실 때마다 절대 쪼그리고 앉아 일하시면 안 된다고 당부를 했는데도 워낙 오랜 습관이라 잘 고쳐지지 않는다며 힘들어하셨다.

잘못된 생활습관을 바로잡는 것은 선택이 아니라 꼭 필요한 치료의 한 과정이다. 오랜 습관이 한순간에 고쳐지지는 않겠지만 잘못된 생활습관이 관절에 얼마나 나쁜 영향을 미치는지를 유념해 고치려고 노력했으면 좋겠다.

백년관절을 만드는 좋은 자세

관절에 좋은 자세를 일일이 기억하기는 쉽지 않다. 하지만 어떤 관절이든 많이 구부릴수록 관절에 부담이 많이 간다. 이것만 기억해 두어도 어떤 자세가 좋지 않은지 짐작할 수 있다. 일상생활에서 관절에 부담을 덜 줄 수 있는 방법을 소개하면 다음과 같다.

● 어쩔 수 없이 바닥에 앉을 때
만약 불가피하게 바닥에 앉아야 한다면 등을 벽에 바싹 기대어 앉거나 여의치 않을 때는 한쪽 무릎을 세우고 앉아야 한다. 왜냐하면 등을 기대지 않거나 양다리를 쭉 뻗으면 상체가 구부정해지고 허리에 많은 부담이 가기 때문이다.

● 계단을 오르내릴 때
계단을 오르내리면 무릎 관절에 체중의 3~5배에 가까운 부담이 가해지므로 만약 관절염이 있다면 되도록 계단보다는 엘리베이터를 이용하는 것이 좋다. 피치 못하게 계단을 이용할 때는 난간을 잡고 올라가야 관절에 무리가 덜 간다. 덜 아픈 다리부터 계단에 올린 뒤 아픈 다리를 올리는 방식으로 걷고, 내려갈 때는 더 아픈 쪽 다리부터 내딛는 것이 좋다. 이때 한 계단씩 빠르게 오르내리지 말고 일단 계단에 두 발을 모았다가 다음 계단을 내딛는 식으로 차근차근 오르내려야 관절에 부담이 덜 간다. 관절염이 없다면 올라갈 때는 계단을 이용하고 내려올 때만 엘리베이터를 이용해도 된다. 계단오르기 운동은 대퇴사두근(허벅지 앞쪽 근육)이나 골반 쪽의 운동범위가 커지면서 일반 평지를 걷는 것보다 더 많은 에너지가 소모돼 폐활량을 늘려 심폐지구력을 기를 수 있다. 올라갈 때는 체중이 뒷다리에 실리도록 하되 뒤 무릎은 완전히 편 뒤 다른 발을 딛도록 한다. 발목 힘은 빼고 발바닥 전체로 지면을 밀어내듯 올라간다.

● 집안 청소를 하거나 설거지를 할 때

쪼그려 앉는 자세는 무릎에 아주 좋지 않다. 따라서 걸레질을 할 때도 쪼그려 앉거나 엎드려서 걸레질을 하는 대신 밀대형 걸레를 이용하고, 채소나 음식재료를 다듬을 때도 바닥에 앉지 말고 의자에 앉아서 하도록 한다. 설거지를 할 때도 등과 허리를 곧게 펴는 것이 좋다. 높이 10~15cm 정도의 발 받침대에 발을 교대로 올려놓으면 무릎 부담을 덜어주고, 허리의 피로도도 줄여줄 수 있다.

● 물건을 들어 올릴 때

바닥에 있는 물건을 들어 올릴 때도 그 무게가 가볍든 무겁든 상관 없이 허리만 구부리는 것은 관절에 좋지 않으므로 무릎과 고관절 모두 굽혀서 다리 힘으로 들어 올리는 것이 좋다. 이때 가급적 허리 높이 이상 들어 올리지 않아 야 하며, 손가락이나 손목보다는 팔꿈치와 어깨에 힘을 주어 들어 올리는 것이 바람직 하다.

● 세수를 하거나 머리를 감을 때

세수를 하거나 머리를 감을 때도 허리를 구부리면 좋지 않다. 가능 하다면 샤워기를 이용해 선 상태에서 허리를 굽히지 않고 씻는 것 이 좋다. 세면대에서 세수를 할 때는 허리를 너무 구부리는 자세는 피해야 한다. 허리의 부담을 줄이기 위해 무릎을 살짝 구부리고 세 면대와의 각도는 45~70도 정도 유지해야 한다. 머리를 감을 때는 허리를 굽혀서 감는 것보다 샤워기를 등지고 고개를 약간 뒤로 젖 혀서 감는 자세를 권한다.

● 잠을 잘 때

잠을 잘 때도 딱딱한 바닥은 관절에 해로우므로 되도록 침대에서 자고, 이때 매트리스가 지나치게 푹신하면 관절에 좋지 않으므로

너무 푹신하지도, 너무 딱딱하지도 않은 침대를 이용하는 것이 좋다. 베개 역시 너무 푹신한 것보다 자신의 목 높이와 척추의 균형을 유지할 정도의 단단한 베개를 베고 똑바로 누워 천장을 바라보는 자세가 좋다. 침대에서 일어날 때도 허리를 구부려 일어나기보다는 통을 굴리듯이 몸을 옆으로 굴려 침대

가장자리로 이동한 후, 엎드린 듯한 자세에서 한쪽 다리를 내리고 손을 짚고 일어나야 관절이 안전하다.

● 운전을 할 때

운전을 할 때도 시트와 운전대의 거리가 너무 가깝거나 멀면 허리, 다리, 팔 등의 관절에 무리가 가므로 '적당한 거리'를 유지한다. 여기서 적당한 거리란 시트와 운전대 사이의 거리를 조절했을 때 엉덩이를 시트 깊숙이 들이밀고 허리를 펴 등받이

에 밀착해 앉은 상태에서 무릎 각도가 140도 이상 나오는 거리를 말한다. 이 정도 거리를 유지해야 관절에 크게 무리가 가지 않는다.

04

관절 상태에 따라
필요한 운동이 다르다

관절을 오래 건강하게 쓰려면 운동을 꼭 해야 한다. 관절의 노화 자체는 막을 수 없지만 운동을 통해 관절 주변의 근육과 인대를 강화하면 관절에 쏠리는 부담이 줄고, 설령 관절이 조금 약해져도 근육과 인대가 파수꾼처럼 관절을 지킬 수 있기 때문이다.

하지만 운동은 잘해야 약이 된다. 주변에서 보면 운동이 좋다는 것만 믿고 자신의 관절 상태는 살펴보지도 않고 무리하게 운동하는 경우가 있는데, 자칫 독이 될 수 있다. 운동은 꼭 해야 하지만 어디까지나 자신의 관절상태에 맞는 운동을 적절히 하는 것이 중요하다.

누구나 할 수 있는 가장 안전한 운동 '걷기'

✦

5년 전 지역 방송국 대표이사가 진료를 받으러 왔다. 건강에 관심이 많아 자기 건강은 자기가 알아서 챙기는 분이었다.

"저는 운동 삼아 계단을 오르내리는 걸 좋아합니다. 지금 사는 아파트가 24층인데 엘리베이터를 안 타고 계단으로 다녀요. 회사에서도 마찬가지구요. 물론 힘들죠. 하지만 다 올라가면 기분이 참 좋아요. 이제는 습관이 돼서 하루라도 계단을 안 오르면 해야 할 일을 안 한 것처럼 찜찜합니다. 그런데 얼마 전에 엑스레이를 찍어보았는데 연골이 다 닳았다고 해서 깜짝 놀랐습니다. 하지만 별로 아프지는 않습니다. 저는 꼭 계단을 오르고 싶습니다. 괜찮을까요?"

따로 시간을 내서 운동을 할 수 없다면 엘리베이터 대신 계단을 이용하는 것도 좋은 운동이 될 수 있다. 하지만 계단을 오르내리는 동작은 무릎에 큰 부담을 준다. 서 있을 때 무릎에 가해지는 체중 부하가 1이라고 하면 계단을 오를 때는 3, 내려올 때는 5배의 하중이 실린다.

TV에서 자타가 공인하는 운동 마니아인 김종국 씨가 지인들을 운동시킬 때 계단을 올라갈 때는 걷고 내려올 때는 엘리베이터를 타고 내려오는 것을 본 적이 있다. 아마도 김종국 씨는 계단을 내려올 때 무릎에 실리는 하중이 훨씬 크다는 것을 알고 있었던 것 같다.

나이가 들었어도 무릎 관절염이 없다면 계단 오르기 정도는 해도 된다. 계단 내려오기는 무릎에 걸리는 체중 부하가 커서 안 된다. 하지만 통증이 있으면 계단 오르기도 삼가야 한다. 관절염이 있어도 통증이 없으면 계단 오르기는 가능할 수도 있지만 통증 여부와 상관없이 오르기나 내려오기 다 하지 않는 것이 안전하다.

"제 생각에는 대표님은 이미 관절염이 있으니 통증이 없어도 계단 오르기는 그만 하셨으면 좋겠습니다. 대신 평지는 얼마든지 걸으셔도 됩니다."

대표님의 얼굴에 실망한 기색이 역력했지만 하고 싶은 대로 계속 계단을 올라도 된다고 말할 수는 없었다. 이미 연골이 많이 닳았는데, 무리하게 더 계단 오르기를 하면 연골이 완전히 닳아 결국 인공관절 수술을 해야 할 수도 있기 때문이다.

지인에게뿐만 아니라 나는 관절질환으로 고생하는 분들에게 '걷기 운동'을 많이 추천한다. 걷기는 가장 간단하면서도 몸에 무리가 가지 않는 운동이다. 약간 숨이 찰 정도의 속도로 1주일에 3~4일 정도 걸으면 관절 주변의 근육과 인대가 튼튼해질 뿐만 아니라 관절의 부담을 가중시키는 체중도 감소한다. 또한 심장과 폐의 기능까지 좋아져 일석삼조의 효과를 누릴 수 있다.

단, 걷기 운동을 할 때는 평지에서 하는 것이 좋다. 울퉁불퉁하거나 경사진 길을 걸으면 무릎에 충격이 많이 가해질 수 있으므로 되도록 평평한 길을 걷도록 한다. 걷기가 좋다고 처음부터 무리하게 걸을 필요가 없다. 처음에는 10분 정도 걷다 잠시 쉬고 다시 걷기를 반복하면서 차츰 시간을 늘리는 것이 좋다.

걸을 때의 자세도 중요하다. 고개를 앞으로 빼거나 등허리를 구부정하게 하고 걸으면 관절, 특히 척추에 무리를 주므로 어깨와 가슴을 펴고 배는 들이민 상태에서 팔을 앞뒤로 편하게 움직이며 걷는 것이 좋다.

하지만 관절염이 심하면 평지를 걷는 것도 부담스러울 수 있다. 이런 환자들에게 나는 수영이나 물속 걷기를 권한다. 물의 부력으로 인해 관절에 가해지는 부하가 크게 줄기 때문이다. 관절의 부담은 줄이면서도 물의 저항으로 인해 같은 동작을 하더라도 육상에서 하는 운동에 비해 두세 배 이상 힘이 들어 근육과 인대를 강화하고 체력도 향상시킬 수 있어 좋다. 다만 관절은 온도가 내려가면 통증이 더 심해지므로 실내 공기나 물의 온도가 따뜻해야 좋고, 충분히 준비운동을 한 후에 물에 들어가도록 한다.

근육과 인대 강화 운동은 필수

◆

관절을 보호하기 위해서는 근육과 인대를 강화하는 운동을 꼭 해야 한다. 특히 무릎 관절염의 경우 허벅지 근육과 종아리 근육을 키워야 한다. 허벅지 근육과 종아리 근육은 무릎 위아래에서 관절을 지탱해주는 기둥 역할을 한다. 이 근육들이 튼튼하면 할수록 무릎 연골이 받는 충격이 줄어들고, 주변 인대가 받는 부하도 감소한다. 축구선수나 야구선수들이 경기를 하다가 인대나 연골이 파열되는 등 부상을 자주 당해도 쉽게 회복되는 것은 튼튼한 근육이 인대와 관절을 보호해주기 때문이다.

관절 주변의 근육과 인대를 효과적으로 강화할 수 있는 운동 중하나가 자전거 타기이다. 그러나 걷기와 마찬가지로 울퉁불퉁한길에서 자전거를 타면 관절에 부담과 충격을 줄 수 있고, 또 예상치 못한 돌발상황으로 관절이 크게 다칠 수 있으므로 되도록 실내고정식 자전거를 타는 것이 좋다.

실내 고정식 자전거를 탈 때는 안장의 높이와 손잡이와의 거리가 매우 중요하다. 안장의 높이와 손잡이와의 거리가 맞지 않으면관절에 부담을 줄 수 있기 때문이다. 관절건강에 도움이 되려면 안장의 높이는 페달이 가장 아래로 내려갔을 때 무릎이 편안하게 펴지는 정도가 적당하고, 손잡이와의 거리는 팔꿈치를 살짝 굽혀 잡을 수 있는 정도가 알맞다.

자전거 타기가 허벅지와 종아리 근육을 동시에 강화시키는 운동이라면, 허벅지 근육을 집중적으로 강화하는 근력운동을 하는 것도 좋다. 허벅지 근육이 많으면 그만큼 무릎에 걸리는 하중이 분산되기 때문에 무릎 관절을 보호하는 효과가 있다.

허벅지 근육을 키울 수 있는 대표적인 근력운동은 스쾃, 대퇴사두근 운동, 런지 등이다. 스쾃 운동은 다리를 어깨너비로 벌린 후 서서히 엉덩이를 뒤로 빼 무릎을 90도로 굽히며 앉았다가 일어나는 운동으로 직접적으로는 허벅지 근육을 자극하지만 전신운동 효

과도 있는 것으로 알려져 있다. 초보자들은 의자 등받이를 잡고 하거나 등을 벽에 기대고 해도 된다.

대퇴사두근 운동은 엎드린 상태에서 하는 운동이다. 무릎을 편 상태에서 다리를 곧게 위로 올렸다가 내리는 동작이다. 스쾃이 허벅지 근육을 키우는 데 좋기는 하지만 근력이 안 좋은 상태에서 무리하게 하면 오히려 무릎 통증을 유발할 수 있다. 집에서 유듀브 등을 보면서 무작정 스쾃 운동을 하는 분들이 많은데, 꼭 대퇴사두근 운동으로 근력을 강화한 후 시작하는 것이 안전하다.

마지막으로 런지도 허벅지 강화에 좋은 운동이다. 두 발을 골반 너비로 벌리고 허리에 손을 댄 상태에서 왼발을 앞으로 내밀고 오른발의 뒤꿈치는 세운다. 등과 허리를 똑바로 편 상태에서 왼쪽 무릎을 90도로 구부렸다 천천히 펴는 동작이다.

이 세 가지 운동은 꼭 체육관에 가지 않고도 집이나 사무실 등에서 언제든 할 수 있다. 시간 날 때마다 조금씩 해도 허벅지 근육이 한결 탄탄해질 것이다.

스쾃

대퇴사두근
운동

런지

무리한 운동은 오히려 독이 된다

✦

몇 년 전 좀 더 건강해지기 위해 헬스 트레이너에게 체계적으로 운동을 배운 적이 있다. 혼자서 운동을 하니 가끔 이렇게 하는 것이 맞나 싶은 생각이 들어서였다. 주변에서도 올바른 방법으로 제대로 운동해야 효과가 좋다고 해 생진 처음 근마음 믹고 헬스 드레이닝을 등록했다.

헬스 트레이너는 근육질 몸매를 자랑하는 멋진 분이었다. 운동을 잘 모르는 내가 보기에도 단기간 운동해서는 결코 나올 수 없는 탄탄한 몸매였다. 감탄이 절로 나오는 몸매에 반해서 그 헬스 트레이너에게 훈련을 받는 사람들이 많았다.

그래서일까? 트레이너는 나 역시 몸짱이 되기를 바라는 것으로 알았던 모양이다.

"원장님, 제가 하라는 대로만 하면 1년 안에 저와 같은 몸을 만들 수 있습니다. 정말이에요."

몸짱이 되고 싶은 마음은 추호도 없었다. 그저 건강하기 위해 운동을 하고 싶었을 뿐이지만 열정적으로 가르쳐주고 싶어 하는 트레이너를 마냥 모른 척할 수는 없었다. 하는 데까지 해보자는 마음으로 열심히 운동하는데, 트레이너는 자꾸 무리한 운동을 시켰다. 시간이 지날수록 점점 더 감당하기 어려웠다.

근육을 만들려면 당연히 근력운동을 해야 한다. 가장 많이 했던 근력운동 중 하나가 앉았다 일어나면서 역기를 드는 근육운동이었는데, 트레이너는 계속 역기 무게를 늘렸다. 도저히 내 체력으로는 들 수 없는 무게인데도 트레이너는 '할 수 있다'며 무조건 들어보라고 했다. 원래 나는 부모님과 선생님 말씀을 잘 따르며 자랐기에 트레이너 선생님이 시키는 대로 하려고 노력했다. 그래서 힘에 부치는데도 안간힘을 쓰며 역기를 들었다 내렸다를 반복하니 온몸이 저리며 아팠다. 무리한 운동의 여파가 얼마나 심한지 이틀을 꼬박 앓아 누웠다. 한마디로 '삔' 것이다.

그렇게 1년쯤 헬스를 하다 목이 아파 엑스레이를 찍고 MRI 검사도 했다. 그런데 이게 웬일인가. 목에 퇴행성 변화가 심하게 와 있었다. 지금껏 목이 아픈 적이 없었고, 척추와 관절만큼은 튼튼하다고 자부했는데, 목이 이렇게까지 망가졌다니 받아들이기 어려웠다. 헬스가 의심스러웠다. 물론 헬스만이 원인은 아니었겠지만 무리한 헬스가 목에 무리를 준 것은 분명해 보였다.

그 일을 계기로 중요한 교훈을 얻었다. 건강을 관리하는 데 꾸준한 운동은 큰 도움이 되지만 어디까지나 나에게 맞는 운동일 경우에 한한다. 아무리 좋은 운동도 나에게 맞지 않으면 독이 될 뿐이다.

목적에 맞는 운동을 하는 것도 중요하다. 탄탄한 근육질 몸매를 만들려면 강도 높은 근력운동을 해야 하지만 건강을 관리하는 것이 목적이라면 걷기 운동과 가벼운 근력운동만으로도 충분하다.

환자들 중에도 관절을 튼튼하게 만들려고 열심히 운동하는 분들이 있다. 그 마음에는 뜨거운 박수를 보내지만 무리해서는 안 된다고 당부 드리고 싶다.

05

뼈 건강이 곧
관절건강이다

25년 넘게 학교에서 학생들을 가르치고 있는 이문영(가명, 50대 초반, 교사) 씨는 무릎이 아파 내원한 분이다. 아이를 낳고 허리가 아픈 적은 있지만 무릎이 아픈 적은 없었다고 말하는 이문영 씨의 얼굴에는 걱정이 가득했다.

검사를 해보니 연골이 손상되고, 퇴행성관절염이 동반된 상태였다. 무릎 관절염은 나이가 많을수록 발생할 가능성이 커지지만 직업에 따른 차이도 있다. 이문영 씨처럼 장시간 서서 아이들을 가르치는 교사도 무릎에 부담이 많이 가기 때문에 관절염이 생기기 쉽다.

다행히 인공관절 수술이 필요한 정도는 아니었지만 주사치료로 증상을 호전시킬 수도 없는 상태였다. 고민 끝에 미세천공술을 시행했다. 미세천공술은 연골이 닳아 없어진 부위에 미세하게 구멍을 뚫어 손상된 연골을 조금이나마 재생시키는 수술이다. 뼈에 미세한 구멍을 내고 출혈과 흉터를 유발해 연골재생을 유도하는 치료법이다.

결과는 상당히 만족스러웠다. 그로부터 몇 년이 흐른 어느 날 이문영 씨가 수심이 가득한 얼굴로 병원을 찾았다. 순간 무릎 관절에 큰 문제가 생겼나 싶어 걱정스러웠는데, 이문영 씨는 다른 걱정을 호소했다.

"원장님, 얼마 전 골다공증 진단을 받았어요. 골다공증 때문에 관절염이 더 심해질까 걱정스러워 왔어요."

골다공증과 관절염, 멀고도 가까운 사이

✦

이문영 씨처럼 골다공증이 있으면 관절염이 심해진다고 생각하는 사람이 많다. 골다공증이라는 병 자체가 뼈에 구멍이 생기고 약해

242

지는 병이니 충분히 그렇게 생각할 수도 있다. 하지만 골다공증이 직접적으로 관절염을 일으키거나 악화시키지 않는다. 오히려 관절염 환자의 경우 관절염이 있는 부위의 뼈가 오히려 더 단단한 경우가 많다. 연골이 닳아 뼈와 뼈가 부딪히게 되면서 관절염이 있는 부위의 뼈의 강도가 오히려 강해지는 것이다.

그렇다고 골다공증과 관절염이 아무 관련이 없다고 보기에도 무리가 있다. 골다공증이 있으면 뼈가 약해 조그마한 충격에도 골절이 생기기 쉽다. 그렇다 보니 골다공증이 있으면 골절을 염려해 가능한 한 많이 움직이려 하지 않는다. 활동량이 크게 줄어드니 관절을 지탱하는 근육과 인대가 약해져 결과적으로 관절염을 악화시킬 수 있는 여지가 있다.

반대의 경우도 성립한다. 관절염이 있으면 이로 인한 통증 때문에 활동량이 감소하게 된다. 또한 골다공증을 예방하려면 조깅이나 줄넘기, 계단 오르기 등 뼈와 근육을 자극하는 운동을 꾸준히 해야 하는데, 불행히도 이런 운동은 관절염에는 독이나 마찬가지다. 관절염 때문에 잘 걷지도 못하고 뼈를 자극하는 운동도 못 하면 골다공증이 생길 위험은 당연히 높아진다.

이처럼 골다공증과 관절염은 직접적인 관련은 없지만 간접적으로 충분한 연관성이 있기 때문에 골다공증을 무시해서는 안 된다.

특히 척추와 고관절은 골다공증이 있을 때 치명적인 영향을 받을 수 있으므로 적극적인 치료를 하는 것이 좋다.

고관절 건강은 골다공증 치료가 중요

70대 중반 할아버지가 샤워를 하다 현기증이 나서 살짝 넘어졌는데 고관절이 부러져 급하게 내원했다. 이 환자뿐만 아니라 고령의 어르신들 중 작은 충격에 고관절이 부러져 구급차에 실려 응급실을 찾는 경우가 많다. 고관절이 부러지면 1년 이내에 사망할 확률이 20%나 되기 때문에 연세가 많은 어르신들은 특히 조심해야 한다.

고관절 역시 다른 관절과 마찬가지로 나이가 들수록 약해진다. 그런 데다 뼈에 구멍이 숭숭 뚫리는 골다공증까지 더해지면 살짝 넘어져도 잘 부러질 수 있다. 아무리 조심한다고 해도 골다공증이 있으면 일상에서의 아주 작은 충격에도 고관절이 부러질 수 있다는 얘기다.

결국 고관절 골절을 예방하려면 골다공증 치료를 적극적으로 하는 것이 중요하다. 골다공증을 제때 치료하지 못해 고관절이 부러지면 인공관절 수술을 해야 한다.

내가 중학생일 때 할머니가 돌아가셨다. 그때는 잘 몰랐는데 의학공부를 하면서 생각해보니 고관절 골절이 원인이었던 것 같다. 어느 날부터 할머니가 꼼짝도 못하고 누워 계시면서 점점 쇠약해진 기억이 난다.

고관절 인공관절 수술은 우리나라에서 1960년대부터 시행되었기 때문에 당시 수술은 가능했다. 하지만 부모님과 고모들이 위험하다고 여겨 쉽게 결정하지 못했다. 그러다 대소변 관리가 힘들어지고, 욕창까지 생기기 시작한 후에야 고관절 인공관절 수술을 했지만 너무 늦었다. 제때 수술을 하지 않아 회복이 잘 안 되었고, 결국 사랑하는 가족들과 이별을 할 수밖에 없었다.

이처럼 골다공증은 고관절 골절의 큰 원인이 된다. 따라서 나이가 들면 주기적으로 골다공증 검사를 받고 적절한 치료를 받는 것이 좋다.

척추 압박골절도 골다공증이 주원인

골다공증이 있을 때 고관절 못지않게 위험한 곳이 '척추'이다. 골다공증으로 뼈가 약해져 있는 상태에서는 조그만 충격에도 척추 뼈가 부러져 고생할 수 있다.

실제로 나이가 든 어르신 중 압박골절로 병원을 찾는 분들이 많다. 최영순(가명, 여, 70대 후반) 할머니도 그중 한 분이다. 어찌나 통증이 심한지 휠체어를 타고 내원했고, 말하기도 힘들어 함께 온 아들이 상황을 설명했다.

"며칠 전까지만 해도 괜찮으셨는데, 어제 화장실 다녀오시다 엉덩방아를 찧은 후에는 아예 거동을 못하시네요. 통증이 너무 심해 어젯밤에 한숨도 못 주무셨어요."

조금만 몸을 움직여도 아파서 어쩔 줄 모르는 환자지만 엑스레이 검사가 불가피했다. 검사를 해보니 압박골절(정식명칭: 척추체 압박골절)이었다. 압박골절이 미미할 때는 엑스레이상으로 잘 안 보이는 경우도 있는데, 환자의 경우 뼈에 금이 가고 부러진 것이 확실하게 보였다.

압박골절은 척추뼈가 부러진 것이다. 환자와 아들은 단지 살짝 엉덩방아만 찧었을 뿐인데, 척추뼈가 부러졌다니 다소 황당한 표정이었다. 충분히 이해할 만하다. 척추뼈는 우리 몸을 지탱해 일으켜 세워주는 뼈이니만큼 교통사고나 추락 등과 같은 큰 충격이 가해지지 않는 한 쉽게 부러지지 않는다.

하지만 어디까지나 척추가 건강할 때의 얘기다. 뼈의 강도가 현저히 떨어져 있는 상태라면 얘기가 다르다. 압박골절의 75% 이상은 골다공증과 연관이 있고, 골다공증 환자의 4명 중에 1명은 압박골절이 발생한다. 워낙 척추뼈가 약해진 상태에서 환자의 경우처럼 엉덩방아를 찧는 정도의 작은 충격에도 척추뼈가 부러질 수 있다. 압박골절이 생긴 다른 환자들도 '어제 무거운 물건을 좀 들고 나서' 혹은 '살짝 부딪히고 나서' 등의 이유로 어느 날 갑자기 아프다는 분들이 대부분이다.

시작은 대수롭지 않은 일상이지만 압박골절이 일어나면 갑자기 극심한 요통이 생긴다. 서서히 아픈 것도 아니고, 어느 한 시점부터 꼼짝도 못할 요통이 갑자기 생긴다.

압박골절을 치료하는 고전적인 방법은 뼈가 붙을 때까지 가만히 누워 있는 것이다. 가만히 놔두면 저절로 뼈도 붙고, 통증도 덜하지만 시간이 너무 오래 걸린다. 평균 3개월은 걸리는데, 결코 만만한 일은 아니어서 '경피적 척추체 성형술'을 권했다. 흔히 환자들이 '공구리'라 부르는 시술인데, 원리는 피부 마취만 하고, 골절된 뼈 사이에 약간 굵은 주사기를 이용해서 뼈시멘트를 넣어 골절부위를 바로 붙을 수 있게 하는 시술이다. 시술 시간이 10~15분 정도로 짧고, 시술 후에 3~4시간 정도 지나면 뼈시멘트가 굳어 보행도 가능하다. 통증도 80~90% 이상 줄어든다.

이 시술은 시간도 적게 걸리고 회복도 빨라 당일 퇴원도 가능하지만 최영순 할머니의 경우 하루 정도 지켜보고 다음 날 퇴원했다. 너무 아파 걷지도 못해 휠체어를 타고 겨우 내원했다가 아들의 부축을 받으며 퇴원하면서 신기해하던 환자에게 거듭 당부했다. 아프지 않다고 방심하지 말고 늘 몸을 따뜻하게 해 관절이 경직되지 않도록 하고, 또 넘어지지 않도록 조심하시라고. 무엇보다 압박골절의 원인이 된 골다공증도 꼭 치료하셔야 한다고 말씀드렸다.

골다공증, 약물로 치료 가능하다

뼈가 약해지는 이유야 셀 수 없이 많지만 가장 큰 원인은 나이이다. 상식적으로 나이를 먹으면 뼈도 약해지는 것이 당연하다. 그러다 보니 30~40대 분들은 '내 나이가 얼만데' 하며 '설마 내가 골다공증?' 하겠지만 자신할 수 없는 일이다. 뼈의 양은 30세에 최정점을 이루고 그 이후로는 뼈의 양이 줄어든다. 정도의 차이가 있겠지만, 30~40대에도 충분히 뼈가 약해질 수 있다는 얘기다.

여성의 경우 폐경 이후 골다공증 위험이 높아진다. 폐경이 되면 뼈의 강도를 유지해주는 여성호르몬인 에스트로겐이 현저히 감소하기 때문이다. 연구결과에 따르면 완경을 맞이한 50대 이후 여성 2명 중 1명이 골다공증에 걸리고, 이로 인해 여성이 남성보다 무려 약 6배나 더 많이 골다공증에 걸리는 것으로 나타났다.

남성도 무조건 안심할 수는 없다. 골다공증이 발병하는 주된 원인이 노화인 데다 남성들이 많이 즐기는 담배와 술은 골다공증을 유발하는 대표적인 위험요인이기 때문이다.

다행히 골다공증은 약물로 치료할 수 있다. 골다공증 약물도 많이 좋아졌다. 과거에는 뼈가 없어지는 걸 막아주는 약물치료가 전부였다. 비록 뼈를 더 생기게 해주지는 못하지만 1년 정도 꾸준히 약을 복용하면 골절 위험을 50% 줄일 수 있었다. 골다공증을 치료하는 최소한의 치료법이었던 셈이다.

최근에는 뼈를 만드는 것을 도와주는 약이 개발되어 좀 더 효과적으로 골다공증을 치료할 수 있는 길이 열렸다. 이 약은 주로 주사로 뼈에 투여되는데, 3개월 혹은 6개월에 한 번 맞으면 된다. 뼈 생성을 촉진해주기 때문에 주사를 맞고 1~2년 사이에 골밀도가 일부분 높아지기도 한다. 먹는 약도 매일 먹는 약부터, 일주일에 한 번, 한 달에 한 번 먹는 약 등 다양하다.

약물치료는 보통 1년을 기본으로 한다. 1년 동안 약물치료를 한 후 그다음 해에 골밀도 검사를 통해 뼈의 상태를 확인한다. 호전

여부에 따라 약물치료를 더 하든지 아니면 약물치료 없이 다음 해에 검사를 받으면 된다. 호전되었어도 방심하지 말고 매년 검사를 받는 것이 중요하다.

우리나라 의료보험 체계에서는 65세 이상 여성, 70세 이상의 남성이라면 1년에 한 번 의료보험으로 검사를 받을 수 있다. 골다공증은 아무런 증상이 없으니 65세 이상의 여성 혹은 70세 이상의 남성이라면 증상이 없어도 1년에 한 번씩 검사를 받는 것이 좋다. 올해 골다공증이 없다고 해도 다음 해에 검사를 받고, 그때도 없다면 그다음 해에 검사를 받는 것이 맞다. 그사이에 한 살이라는 짐을 더 얹은 셈일 테니, 2년 전 혹은 5년 전에 받은 검사에서 골다공증이 없다는 것이 현재의 뼈의 상태를 말해주는 것은 아니기 때문이다.

골다공증을 예방하기 위한 식이요법

골다공증을 예방하고 악화시키지 않으려면 평소 뼈를 강화시켜주는 대표적인 영양소인 칼슘을 음식이나 영양제 등을 통해 적당하게 섭취해주는 것이 중요하다. 이와 더불어 비타민D도 함께 보충해주는 것이 좋다. 비타민D는 우리 몸에 잘 흡수되지 않는 칼슘의 체내 흡수율을 높여주기 때문이다. 비타민D는 햇볕만 쬐어줘도 피부를 통해 합성이 되는 영양소다. 하지만 이것만으로는 부족할 수 있기 때문에 음식과 함께 비타민D 보충제를 함께 복용해주면 골다공증을 관리하는 데 많은 도움이 된다.

또한 나트륨이 많이 들어간 짠 음식은 소변량을 증가시켜 체내 칼슘이 소변에 섞여 몸 밖으로 배출되게 하므로 가급적 자제하는 것이 바람직하다. 다이어트를 무리하게 하는 것도 뼈 건강에 좋지 않으므로 삼가는 것이 좋다.

흡연이나 음주도 마찬가지다. 흡연은 뼈를 만드는 조골세포를 파괴해 뼈를 약하게 만드는 동시에 뼈의 강도를 유지하는 에스트로겐의 작용을 방해한다. 음주 역시 호르몬 분비를 깨뜨려 칼슘의 체내 흡수율을 높이는 비타민D의 대사를 방해해 골다공증을 유발할 수 있으니 멀리하도록 한다.

관절 수명을 늘리는
연령별 관절 관리법

관절질환은 노화가 주원인인 경우가 많다. 그렇다 보니 관절질환
은 고령층의 전유물처럼 아는 분들이 많은데 꼭 그렇지만은 않다.
관절질환은 나이를 가리지 않는다. 요즘에는 젊은 층에서도 관절
이 아파 고생하는 분들이 많고, 심지어는 노화가 주원인인 퇴행성
관절염을 앓는 젊은 분들도 있다.

　물론 관절이 아픈 원인은 연령에 따라 차이가 난다. 원인이 다
르니 관리나 치료법도 연령에 따라 달라져야 하는 것이 당연하다.

20~30대 청년층,
격렬한 운동 피하고 과신 금물

✦

20~30대는 아직 노화와는 거리가 먼 나이다. 그럼에도 관절질환이 생기는 것은 남성들의 경우 축구, 농구, 마라톤과 같은 과격한 스포츠에 의한 외상이 주원인인 경우가 많다. 관절이 아무리 젊고 튼튼해도 과도한 충격을 반복적으로 받으면 배겨나기가 어렵다. 다만 관절에 무리가 가거나 손상이 돼도 20~30대 젊은 나이에는 회복이 빨라 심각성을 잘 느끼지 못하는 것이 문제다.

박성수(가명, 20대 후반, 프리랜서) 씨는 어렸을 때부터 축구, 농구 등 격렬한 스포츠를 좋아하는 활기찬 청년이다. 청소년 때는 시간만 나면 축구나 농구를 할 정도였고, 직장인이 된 지금도 주말이면 동호회 회원들과 함께 격렬하게 운동을 한다. 땀에 흠뻑 젖을 정도로 한바탕 운동을 하고 나면 그동안 쌓였던 스트레스가 다 날아가는 느낌이다.

그런데 1년 전부터 운동을 하면 무릎이 아팠다. 하지만 며칠 쉬면 나아지곤 해서 운동 탓이라 생각했는데, 최근에는 운동을 하지 않아도 무릎이 아픈 날이 많아졌다. 혹시 무릎에 이상이 생겼나 싶어 병원을 찾아 검사를 받았는데 뜻밖의 진단을 받았다. 바로 '퇴행성관절염'.

퇴행성관절염은 노화와 함께 발생하는 것이 맞다. 하지만 최근 건강보험심사평가원에 따르면, 20대 젊은 연령층에서 퇴행성관절염 환자 수가 급증하는 추세라고 하니 젊은 층도 더 이상 안심할 수 없다.

최근 젊은 퇴행성관절염 환자가 증가하는 원인은 등산, 자전거 타기, 서핑 등 실외 스포츠 활동이 늘어나면서 외상의 빈도가 증가한 데 있다. 반월상 연골 파열이나 연골 손상, 전·후방 십자인대 파열 등의 외상이 2차 질환으로 이어지면서 퇴행성관절염으로 진행되는 경우가 많다.

어떤 경우든 통증이 일시적일 때는 단순히 근육이 경직되었을 가능성이 높다. 하지만 충분히 안정을 취했는데도 통증이 지속된다면 방치하지 말고 정확한 진단을 받아보는 것이 좋다. 20~30대

젊은 나이에는 연골이 손상되었어도 주사 치료, 물리 치료, 체중 감량 등 비수술적인 치료만으로도 호전되는 경우가 많기 때문이다.

격렬한 운동 외에 술도 관절에 치명타를 입힌다. 술을 많이 마시면 알코올이 혈중 콜레스테롤을 증가시켜 혈전(혈관 속에서 피가 굳어진 덩어리)이 잘 생기고, 이것이 관절로 가는 미세혈관을 막아 관절에 영양이 충분하게 공급되지 않는다. 그렇게 되면 관절이 약해지거나 손상되고 심지어 썩을 수도 있다. 고관절 질환인 대퇴골두 무혈성 괴사가 대표적이다.

젊은 여성들이 즐겨 신는 하이힐이나 볼이 좁은 신발도 관절 건강을 방해하는 요인이다. 이런 신발은 발 관절은 말할 것도 없고 무릎 관절, 고관절에까지 악영향을 미친다.

건강은 젊고 건강했을 때부터 지켜야 하듯 관절도 마찬가지다. 젊다고 과신하지 말고, 관절이 보내는 신호에 주의를 기울이고, 적절한 조치를 취하면 젊은 관절을 더 젊게 유지할 수 있다. 여기에 술이나 하이힐 등 관절을 힘들게 하는 요인들만 조심하면 금상첨화일 것이다.

40~50대 장년층,
꾸준한 운동과 표준체중 유지가 관건

◆

40~50대는 본격적으로 관절의 노화가 시작되는 시기다. 이 시기에는 작은 충격이나 외상에도 무릎이 붓고 아픈 경우가 많다. 반월상연골이 찢어지면 연골이 빨리 닳고 이로 인해 관절면이 불규칙하게 변한다. 그러면 무릎 뼈가 서로 부딪혀 주변 힘줄이나 인대, 관절낭과 마찰이 생기면서 염증이 발생해 무릎 관절염이 시작된다.

특히 이 연령대는 남성보다 여성이 더 위험하다. 여성이 남성보다 관절을 지탱하는 근육이 적은 편인 데다 폐경과 맞물려 있기 때문이다. 폐경이 되면 연골세포의 파괴를 막고 생성을 촉진하는 여성호르몬인 에스트로겐이 감소하면서 골밀도가 낮아지고 관절이 약해져 관절질환에 노출될 위험성이 현저하게 올라간다.

관절이 보내는 신호도 좀 더 분명해진다. 젊었을 때는 아프다가도 쉬면 금방 나았지만 40~50대가 되면 잘 낫지 않고, 낫더라도 또다시 반복되는 경우가 많아진다. 따라서 관절이 어떤 형태로든 적신호를 보내면 적극적으로 관리할 필요가 있다.

생활 속에서 관절에 무리를 주는 습관을 바로잡는 것은 말할 것도 없고, 꾸준히 운동하는 것이 중요하다. 40~50대가 되면 관절이 안 좋아지면서 활동량이 줄어드는 경우가 많은데,
그러면 관절을 지탱해주는 근육과 인대가 약해
져 관절이 더 약해지는 악순환을 되풀이하게
된다. 따라서 번거롭고 힘들더라도 내 몸에
맞는 안전한 운동을 꾸준히 해주는 것이 좋다.

체중관리에도 신경을 써야 한다. 이 나이 때는
활동량은 주는데, 식사량은 오히려 늘어 체중이 증가하기 쉽다.
체중이 늘면 그만큼 관절에 쏠리는 부담이 커지므로 표준체중을
유지하는 것이 좋다. 운동과 식이요법을 병행해 표준체중만 잘 유
지해도 관절 건강을 지키기가 한결 수월해진다. 표준체중을 산출
하는 공식은 다음과 같다.

여자 : 키(m) X 키(m) X 21
남자 : 키(m) X 키(m) X 22

예) 키 160cm인 성인여자의 표준체중은 1.6 X 1.6 X 21=53.8kg이다.

60대 이상 노년층,
적극적인 치료가 최선

◆

60대 이상의 나이에서는 관절질환으로부터 자유로운 분들이 거의

없다고 봐도 과언이 아니다. 40~50대부터 진행된 노화로 연골이 손상되고 많이 닳아 여기저기 관절이 쑤시고 아픈 경우가 많다. 휴식을 취해도 통증이 줄어들지 않고, 계단을 오르내리려면 자기도 모르는 사이에 '악' 소리가 나기도 한다. 이 모든 것이 이미 관절질환이 상당히 진행되었다는 증거이기도 하다.

관절이 보내는 신호도 더욱 설박해신나. 이때라도 적질한 치료와 관리를 해야 하는데, 많은 분들이 파스나 진통제에 의지하며 참고 견딘다. 그러는 동안 관절은 점점 나빠질 수밖에 없다.

나이와 상관없이 건강한 관절을 유지하려면 운동이 필수다. 관절이 아프면 운동을 하기가 쉽지 않은데, 통증을 줄이고 관절이 더 나빠지는 것을 막으려면 운동을 해야 한다.

하지만 60대 이상의 연령대에서는 이미 관절이 많이 손상되고 약해진 상태여서 운동만으로 관절건강을 회복하기 어려운 경우가 많다. 요즘에는 수술을 하지 않고도 아픈 관절을 치료할 수 있는 비수술적 치료법들이 많이 나와 있으므로 관절이 아픈 원인을 정확히 찾고 적극적으로 치료를 하는 것이 중요하다.

무릎 관절염에 특히 취약한 사람들은 따로 있다

무릎 관절염은 나이가 많을수록 잘 생긴다. 엑스레이를 찍었을 때 60대에서는 60%, 70대에서는 70%, 80대에서는 80%에게서 무릎 관절염 소인이 보일 만큼 무릎 관절염은 나이와 밀접한 관련이 있다.

나이 외에도 무릎 관절염에 잘 걸리는 환자들을 보면 몇 가지 공통점이 있다. 도시보다는 시골 분들, 남성보다는 여성 그리고 경제적으로 어려운 분들이 상대적으로 관절염으로 고생을 많이 한다.

농촌이나 어촌과 같은 시골에 사는 분들이 도시에 사는 분들보다 관절염을 많이 앓지 않는 이유는 일을 많이 해서 그런 것 같다. 농사일 자체가 무척 고되기도 하고, 농사를 지을 때의 자세도 많은 영향을 미친다. 요즘에는 많이 개선되긴 했지만 여전히 농사일을 할 때 쪼그리고 앉아 일을 하는 경우가 많은데, 이 자세는 무릎에 치명적이다. 그러니 농사를 짓는 분들의 무릎이 좋지 않은 것은 당연하다.

무릎 수술의 경우 여성과 남성의 비율이 8:2이다. 여성이 남성보다 압도적으로 무릎 수술을 많이 한다. 엄밀하게 말하면 폐경기 이후 여성이다. 폐경 전에는 남성과 여성이 큰 차이가 없다. 폐경 후 뼈와 근육을 튼튼하게 만들어주는 여성호르몬이 급격히 감소하면서 여성 환자의 비율이 크게 높아지는 것이다.

여성들의 생활습관도 관련이 있다. 지금은 과거보다는 덜하지만 여전히 여성들은 쪼그리고 앉는 경우가 많은데, 이 자세는 무릎에 상당히 무리를 많이 준다. 또한 여성은 남성보다 허벅지 근육이 약하다. 허벅지 근육이 약하면 그만큼 무릎에 체중이 많이 실려 무릎 관절이 약해지기 쉽다.

마지막으로 경제적으로 어려운 분들이 관절염을 많이 앓는 이유는 생계를 위해 육체적인 노동을 많이 하기 때문인 것으로 보인다. 관절이 아프면 적절한 치료를 받고 관리해야 하는데, 일을 안 할 수가 없으니 계속 하고, 결국 관절염이 심해져 수술해야 하는 상황에 이른다.

경제적으로 어려운 분들은 몇 백만 원에 달하는 수술비용이 부담스러워 수술을 해야 함에도 주저하는 경우가 많다. 다행히 요즘에는 국가나 지자체에서 의료비를 지원해주는 제도가 많기 때문에 비용 걱정으로 지레 치료를 포기하지 않았으면 좋겠다.

07

파스도 알고 써야
효과가 있다

관절이 아플 때 가장 흔하게 사용하는 것이 파스다. 관절이 욱신욱신 쑤시고 아프면 일단 파스부터 붙이고 본다. 가격이 저렴한 데다 약국에서 쉽게 구입할 수 있고 비록 일시적이기는 하지만 통증을 가라앉히는 효과가 있기 때문이다.

하지만 파스도 여러 종류가 있다. 크게 보면 냉찜질 역할을 하는 쿨파스와 온찜질 역할을 하는 핫파스로 구분되는데, 각각 용도가 다르다. 이를 구분하지 않고 사용하면 역효과가 날 수도 있다.

일시적인 외상에는 쿨파스,
만성 관절질환에는 핫파스

✦

어딘가에 부딪혀 멍이 들거나 삐거나 넘어지거나 가벼운 타박상을 입었을 때는 쿨파스를 사용하는 것이 좋다. 일시적인 외상으로 통증이 있거나 붓거나 염증이 생겼을 때는 손상된 부위에 발생한 열을 가라앉혀야 증상이 완화되기 때문이다. 이런 경우에 핫파스를 사용하면 손상된 부위의 모세혈관이 확장되어 오히려 통증, 부기 등이 더 심해질 수 있다.

반면, 일시적인 외상이 아니라 퇴행성관절염처럼 오랜 시간 관절에 염증이 생겨 통증이 발생하는 경우에는 핫파스를 붙이는 것이 좋다. 관절이 아프면 혈액순환이 원활하지 않고 주변 근육과 인대가 뻣뻣해져 통증이 더 심해지는데, 핫파스는 이 증상들을 개선해 통증을 경감시키는 효과가 있다.

찜질도 파스와 비슷한 원리로 작동한다. 삐끗하거나 외상으로 관절이 퉁퉁 붓고 염증이 생기면 냉찜질로 가라앉히는 것이 먼저다. 반대로 퇴행성관절염으로 무릎이 시큰할 때는 따뜻한 온찜질을 하면 혈액순환이 개선되고 근육과 인대의 긴장이 풀어져 통증이 완화된다.

파스는 미봉책에 불과하다

✦

관절이 아플 때 바로 병원을 찾는 분들은 드물다. 대부분은 견딜 수 있을 만큼 견디다 더 이상 참을 수 없을 때 비로소 병원을 찾는다. 결코 짧지 않은 긴 시간 동안 견딜 때 가장 많이 의지하는 것 중 하나가 '파스'이다.

처음에는 파스가 어느 정도 효과가 있다. 특히 일시적인 외상으로 관절이 아플 때는 파스를 붙이고 충분한 휴식을 취하면 자연스럽게 낫는다. 퇴행성관절염 초기에도 핫파스를 붙이면 왠지 관절이 시원하고 통증이 개선된 것처럼 느껴진다. 그래서인지 관절이 아파 병원을 찾은 분들 중 파스를 붙이고 견뎠다는 분들이 많다.

TV나 신문 등의 광고를 보면 파스만 붙여도 아픈 관절이 나을 것 같다. 광고만 보면 파스의 성분이 환부 깊숙이 들어가 통증의 뿌리까지 없앨 수 있을 것 같아 보이지만 현실은 그렇지 못하다. 파스는 어디까지나 일시적인 통증 완화책일 뿐 근본적인 치료법이 되지 못한다. 손상된 연골을 회복시켜줄 수도 없고, 이미 닳아 없어진 연골을 재생시킬 수는 더더욱 없다.

물론 통증을 어느 정도 가라앉히는 데는 효과가 있다. 하지만 그래서 치료를 받아야 할 시기를 놓치는 경향도 있는 것 같다. 파스를 붙이거나 찜질로 증상이 완화되면 관절이 좋아진 것으로 착각하기 때문이다. 따라서 파스에만 의존하지 말고 통증이 있을 때 정확한 검사와 진단을 받는 것이 관절 건강을 지키는 데 도움이 된다.

08

장수의 비결,
근육에 달렸다

내가 어릴 때만 해도 부모님들이 동네 어르신들께 "식사는 하셨
나? 근력은 여전하시냐?"라고 인사하시는 걸 자주 들었다. 그때는
근력이 뭔지 몰랐다. 막연하게 건강과 관련된 단어일 거라고만 추
측했었다.

　인간이 움직이기 위해 꼭 필요한 신체기관인 뼈와 관절의 중요
성은 꾸준히 강조되어오고 있지만 근육에 대한 관심은 그동안 상
대적으로 낮았다. 하지만 최근 들어 근육, 그리고 근육의 힘을 나
타내는 근력의 중요성이 점점 높아지고 있다. '연금보다 근육'이라

는 말이 있듯이 근육은 노년기 건강의 힘이자 장수의 바탕이 된다고 한다. 여러 논문을 살펴보면 근육이 좋으면 뼈가 약해도 쿠션 역할을 해 골절의 위험성을 낮춰주고 나아가 장기의 방패 역할도 하기 때문에 장수의 비결이 될 수 있다는 내용도 찾아볼 수 있다.

하지만 우리 몸의 근육은 40대에는 10년간 5~8%, 50대에는 10년간 10%가량 소실되면서 80대에 이르면 30대 근육의 절반밖에 남아 있지 않게 된다고 한다. 예전에는 나이가 들면서 근육량이 감소하는 것을 당연한 노화의 결과로 받아들였지만, 지난 2016년 세계보건기구(WHO)는 이러한 근감소증(Sarcopenia)을 공식적인 질병으로 인정했다. 또 우리나라도 2021년에 한국 표준질병사인분류(KCD) 개정안에 따라 질병코드가 부여되었다.

근육에 대한 관심은 점점 높아지고 있지만 근감소증에 대한 치료제가 없는 것이 안타까운 현실이다. 따라서 젊었을 때부터 관심을 가지고 근육을 지키기 위해 노력하는 것이 중요하다.

젊었을 때부터
근력운동을 하는 것이 좋다

✦

60대 남자 환자가 무릎이 아파 내원했다. 젊었을 때는 일을 하느라 건강에 신경을 쓰지 못했지만 50대 중반에 접어들면서부터는 건강을 지키기 위해 꾸준히 등산을 하신 분이다. 근 5년 이상을 열심히 운동을 했으니 관절염으로 고생하는 일은 없을 거라 자신했는데, 어느 날 무릎이 아파 집 근처 병원에 갔다 청천벽력 같은 소리를 들었다. 무릎 관절염이 있을 뿐만 아니라 근육도 약하다는 것이었다.

"그렇게 운동을 열심히 했는데도 관절이 안 좋고 근육까지 약하다니……."

환자는 속상한 마음에 채 말을 잇지 못했다.

사실 50대 중반부터 운동을 시작했다고 관절 건강이나 근력이 단박에 좋아지지는 않는다. 더 일찍부터 시작했어야 했다. 일반적으로 뼈와 근육은 30~35세 즈음 성장이 최대치에 달한다. 뼈는 35세까지 성장하다가 이후 20년 정도 유지한 후에 55세부터 점차 약해진다. 근육도 마찬가지다. 근육량은 30대 중반을 정점으로 이후부터는 점점 줄어든다. 이처럼 뼈와 근육의 성장이 정점을 찍고 약해지기 시작하면 운동을 해도 젊을 때처럼 효과가 나타나지 않는다.

하지만 뼈와 근육이 정점을 찍는 시기에 운동을 하면 50대부터 약해지더라도 관절 건강과 근력을 유지할 수 있다. 예를 들어 같은 100이 떨어지더라도 200에서 떨어지는 것과 150에서 떨어지는 것은 결과직으로 2배나 차이가 닌다.

반면 50~60대에 접어들면 아무리 운동을 하더라도 근육으로 좋아지는 속도가 약해지는 속도를 따라가지 못한다. 이때는 현상 유지가 최선일 수 있다. 따라서 젊고 건강할 때 열심히 운동해 최고점을 최대로 끌어올리는 것이 가장 좋은 방법이다.

꾸준한 단백질 섭취로
근육 소실 막아야

✦

이처럼 나이가 들수록 근육이 중요해진다. 근육량뿐만 아니라 근육의 질도 문제다. 노화가 진행되면 근육량만 줄어드는 것이 아니라 근육 자체도 약해진다. 그렇다보니 젊었을 때는 웬만한 충격을 받아도 끄떡없었는데 장년층에 접어들면 똑같은 정도의 충격에도 쉽게 근육이 찢어질 수 있다. 한 번 찢어지면 회복도 느리기 때문에 나이가 들수록 근육이 다치지 않도록 조심해야 한다.

근육은 당뇨를 조절하는 데도 도움이 된다. 당은 근육에서 소모되는데 근육이 부족하면 당을 소모하지 못하고 혈액 내에 그냥 내보내서 혈액 내 당수치가 높아진다. 또 근육이 없어진 자리가 지방으로 채워지기도 한다.

근육을 형성하기 위해서는 규칙적인 운동과 함께 근육을 만드는 영양소인 단백질 섭취가 필수다. 단백질은 그리스어로 으뜸(proteios)을 의미하는데 여러 영양소들 중 가장 중요하다는 뜻에서 유래됐다. 단백질은 근육, 뼈 등 우리 몸의 장기를 형성하는 중요한 영양소일 뿐 아니라 호르몬의 주요 성분이기도 하다. 이때 식물성 단백질 섭취만으로는 한계가 있다. 필수아미노산 함량이 높은 동물성 단백질을 섭취해야 한다. 하지만 고기류는 대장암이나 내과적 만성질환의 원인이 될 수도 있기 때문에 너무 과해서도 안 되며 지방이 적은 살코기 위주로 해야 한다. 닭가슴살, 소고기 등 육류뿐 아니라 생선, 두부, 달걀 등을 다양하게 골고루 섭취하는 게 좋다. 필수아미노산 함량이 높은 단백질 보조제를 보조적으로 복용하는 것도 도움이 될 수 있다.

한국인 영양소 섭취 자료에 따르면 1일 단백질 섭취량은 보통 성인 기준 남자는 60~65g, 여성은 50~55g(체중 1kg당 0.8~1g 섭취)이 적당하다. 참고로 고기류는 부위에 따라 다소 다르지만 100g을 먹게 되면 약 20g의 단백질을 얻게 된다. 두부 한 모에는 약 10g, 달걀 1구나 우유 200ml에는 약 6g의 단백질이 들어 있다.

운동은 반드시 병행해야 한다. 나이 들어 무리하게 근력운동을 하면 오히려 근육을 나칠 수 있으니 일주일에 3번 정도 가볍게 할 것을 권한다. 나이가 들면 근육이 약해지고 탄력이 떨어지기 때문에 운동 전후 스트레칭을 해 근육을 풀어주는 것도 잊어서는 안 된다.

관절 통증 없이 백세까지 신나게

관절, 다시 춤추다

초판 1쇄 인쇄일 | 2022년 11월 15일   초판 1쇄 발행일 | 2022년 11월 20일

지은이 | 이수찬
펴낸이 | 강창용
책임편집 | 정민규
디 자 인 | 가혜순
책임영업 | 최대현

펴낸곳 | 느낌이있는책
출판등록 | 1998년 5월 16일 제 10-1588
주 소 | 경기도 고양시 일산동구 중앙로 1233(현대타운빌) 302호
전 화 | (代)031-932-7474
팩 스 | 031-932-5962
이메일 | feelbooks@naver.com

ISBN 979-11-6195-183-6   13800